# प्रेम

## प्रेम, भक्ति और संगीत से आत्मा का साक्षात्कार

राजिंदर कुमार सूर्यवंशी

Made with ♥ on the Notion Press Platform
www.notionpress.com

## समर्पण

यह ग्रंथ समर्पित है —

उन सभी गुरुओं को, जिन्होंने अपने शिष्यों को सत्य का मार्ग दिखाया और जीवन-मृत्यु के रहस्यों को उजागर किया।

उन सभी साधकों को, जिन्होंने कठिन तपस्या और भक्ति के माध्यम से आत्मा का साक्षात्कार करने का प्रयास किया।

उस प्रेम को, जो राधा-कृष्ण, मीरा-श्याम और सुदामा-कृष्ण के रूप में अजर-अमर है और जो आत्मा को ईश्वर से जोड़ता है।

उन सभी पाठकों को, जो इस ग्रंथ को पढ़कर अपने जीवन में भक्ति, त्याग और संगीत के माध्यम से आत्मा का मार्ग खोजेंगे।

यह पुस्तक केवल एक कथा नहीं, बल्कि एक आध्यात्मिक यात्रा है। यह उन सभी के लिए है जो सत्य की खोज में हैं, जो प्रेम को समझना चाहते हैं, और जो अपनी आत्मा का साक्षात्कार करना चाहते हैं।

**!! जय श्रीकृष्णा !!**

# क्रम-सूची

# प्रस्तावना

## प्रेम

### लेखकः आचार्य श्री राजिंदर कुमार सूर्यवंशी

प्रिय पाठकों, यह पुस्तक आपको आध्यात्मिक ज्ञान से जोड़ने वाली एक यात्रा है। आप सब जानते हैं कि यह संसार भौतिक है और यहाँ की हर वस्तु नाशवान है। भगवान श्रीकृष्ण ने प्रेम की परिभाषा समझाने के लिए माँ राधा को माध्यम बनाया और उनके लिए अनेक लीलाएँ रचाईं। लेकिन कलयुग के मनुष्य अब भी प्रेम और केवल प्यार के अंतर को समझ नहीं पाए।

मनुष्य ईश्वर तक पहुँचने के लिए अनेक साधन अपनाता है, परंतु इसी प्रयास में वह प्रभु की वाणी को भूल जाता है और अपने अहंकार में उलझकर अपनी ग्यारहवीं इंद्री को प्रबल कर लेता है। अहंकार में डूबा हुआ मनुष्य ईश्वर को भुला देता है। लेकिन ईश्वर सदैव प्राणी से दो उँगली का फासला बनाए रखते हैं। इस दूरी को मिटाने की न तो सामान्य मनुष्य में समझ है और न ही क्षमता। कई बार वह अपने ज्ञान से भी इस दूरी को मिटाने की कोशिश करता है, परंतु सफल नहीं हो पाता। कई बार तो उसका ज्ञान ही उसकी उलझन बन जाता है।

मित्रों, मैं आचार्य श्री राजिंदर कुमार सूर्यवंशी, स्वयं को भगवान श्रीकृष्ण की चरण-धूल मानते हुए, उनके शिष्य के रूप में प्राप्त आध्यात्मिक ज्ञान को आपके सामने प्रस्तुत करता हूँ। इस पुस्तक की प्रेरणा भी मुझे मेरे गुरु देव श्री हरि कृष्ण भगवान से ही मिली है। मेरा प्रयास रहेगा कि इस ग्रंथ के माध्यम से मैं आपको उस "दो उँगली के फासले" को कम करने में सहायता कर सकूँ और जो ज्ञान मुझे मिला है, उसे आप तक पहुँचा सकूँ।

मेरी प्रार्थना है कि इस पुस्तक को पढ़ने वाले हर साधक को भगवान श्रीकृष्ण और माँ राधा के दर्शन का सौभाग्य मिले। आपके मन में यह शंका भी उठ सकती है कि कलयुग में ईश्वर के दर्शन कैसे संभव हैं। परंतु आचार्य होने के नाते मैं कह सकता हूँ कि ईश्वर, माता-पिता, गुरु और आचार्य कभी भी शंका के पात्र नहीं होते। वे सदैव आपके कल्याण के लिए ज्ञान प्रदान करते हैं और समय-समय पर रामायण, भागवत आदि ग्रंथों का पाठ कराते रहते हैं।

इस संसार में कथा वाचक भी बहुत हैं। लेकिन कई बार वे यह भूल जाते हैं कि ज्ञान का प्रसाद पात्र देखकर ही दिया जाना चाहिए। ऐसा न करने से दुष्प्रभाव होते हैं। ऐसे लोगों को भीड़ पसंद होती है, वे चाहते हैं कि लोगों का तांता लगा रहे।

लेकिन ईश्वर को भीड़ पसंद नहीं। ईश्वर को दिखावा भी नहीं भाता। उन्हें एकांत प्रिय है। जो लोग दिखावे में उलझते हैं, उन्हें बाद में उसका परिणाम भुगतना पड़ता है।

कई ऋषि-मुनि अपना पूरा जीवन भक्ति में गुज़ार देते हैं। उन्हें ज्ञान तो प्राप्त होता है, परंतु ईश्वर के दर्शन नहीं मिलते। दर्शन केवल उसी को होते हैं जो प्रभु से सच्चे दिल से प्रेम करता है। ईश्वर सदैव अपने भक्तों के पास रहते हैं, लेकिन फिर भी दो उँगली का फासला बनाए रखते हैं। यह रहस्य क्यों है, इसका उत्तर आपको इस पुस्तक के अंत तक मिल जाएगा।

भगवान श्रीकृष्ण को सब लीलाधारी कहते हैं। उन्होंने इस संसार में आकर अनेक लीलाएँ रचाईं। कोई उन्हें नटखट कहता था, कोई अन्य नामों से पुकारता था। जब किसी घर में बच्चा जन्म लेता है, तो रिश्तेदार उसे बहुत प्रेम करते हैं। जब वह नन्हा बच्चा घुटनों के बल चलता है, मिट्टी खाता है, या झूठ-मूठ रोता है, तो सब उसे नटखट कहते हैं और हँसते हैं। उसे गोद में उठाते हैं, उसके मल-मूत्र तक को अपने हाथों से साफ करते हैं। उस समय प्राणी की कौन सी इंद्री जागृत होती है—प्यार या प्रेम? यही अंतर समझना आवश्यक है।

कई बार जब बच्चा शरारत करता है, तो माता उसे चपत भी लगा देती है। बच्चा क्रोध करता है क्योंकि उसमें न तो ज्ञान होता है और न विवेक। यही कारण है कि वह बीच घर में मल-मूत्र त्याग देता है। उस समय उसकी केवल बुद्धि जागृत होती है। गुरुजन उदाहरण देते हैं कि जब बच्चा जन्म लेता है, तो थोड़ी ही देर बाद उसे स्तनपान कराया जाता है। उसे कोई नहीं सिखाता कि कैसे माँ के स्तन को चूसना है। यह बुद्धि उसे श्रीहरि द्वारा दी जाती है। जब शिशु जन्म लेता है, तो उसके भीतर नारायण का प्रतिबिंब वास करता है।

कभी माता-पिता बच्चे को थप्पड़ मार देते हैं। बच्चा जोर-जोर से रोता है। उस समय वह क्या सोच रहा होता है, यह न तो माता जानती है और न पिता। वह बोल नहीं सकता, पर अपनी रोती हुई आवाज़ से माँ को समझाने की कोशिश करता है—"मुझे भूख लगी है, मुझे स्तनपान करा दो, फिर मैं चुप हो जाऊँगा और सो जाऊँगा।" जब माता यह समझ जाती है, तो उसे दूध पिलाकर शांत कर देती है।

अतः मित्रों, प्राणी को चाहिए कि वह श्री हरि से उस "दो उँगली के फासले" को समझने और मिटाने का प्रयास करता रहे। एक दिन अवश्य सफलता मिलेगी।

**!!जय श्रीकृष्ण!!**

# भूमिका

मानव जीवन एक यात्रा है — जन्म से मृत्यु तक का मार्ग, जिसमें हर क्षण सत्य की खोज और आत्मा की तृष्णा छिपी रहती है। यह ग्रंथ उसी यात्रा का सजीव चित्रण है। इसमें मोहन की साधना, गुरु द्रोणाचार्य की अमर शिक्षाएँ, राधा-कृष्ण का दिव्य प्रेम, गांधारी का श्राप, बुद्ध और महावीर की कथाएँ, और अंत में संगीत के माध्यम से आत्मा का साक्षात्कार — सब कुछ एक सूत्र में पिरोया गया है।

यह पुस्तक केवल कथा नहीं है, बल्कि एक आध्यात्मिक मार्गदर्शन है। इसमें बताया गया है कि प्राणी का सबसे बड़ा कर्तव्य है अपनी आत्मा का साक्षात्कार करना और ईश्वर से जुड़ना। गुरु का महत्व, प्रेम की शक्ति, त्याग का रहस्य और भक्ति का मार्ग — सब यहाँ विस्तार से समझाया गया है।

मोहन की यात्रा हमें यह सिखाती है कि सच्चा शिष्य कभी हार नहीं मानता। चाहे कितनी भी कठिनाइयाँ क्यों न हों, यदि मन में गुरु और ईश्वर के प्रति लगन है तो मार्ग स्वयं खुल जाता है। गुरु द्रोणाचार्य का जीवन और उनका अंतिम आशीर्वाद इस बात का प्रमाण है कि गुरु का ज्ञान शिष्य के साथ सदैव जीवित रहता है।

राधा-कृष्ण का प्रेम हमें यह समझाता है कि प्रेम केवल मन या आत्मा नहीं, बल्कि दिल की गहराई है। वही प्रेम अजर-अमर है। बुद्ध और महावीर की कथाएँ यह बताती हैं कि सत्य की खोज कठिन तपस्या से होती है, लेकिन उसका सार है वैराग्य और करुणा।

अंतिम अध्याय में संगीत को आत्मा का मार्ग बताया गया है। जब कोई गीत आपके हृदय को छूकर आँसू बन जाता है, तो वह आँसू मिथ्या नहीं होते। वे ईश्वर तक पहुँचते हैं। यही संगीत का प्रेम है, जो आत्मा को ईश्वर से जोड़ देता है।

यह ग्रंथ उन सभी के लिए है जो जीवन के रहस्यों को समझना चाहते हैं, जो प्रेम और भक्ति के मार्ग पर चलना चाहते हैं, और जो अपनी आत्मा का साक्षात्कार करना चाहते हैं।

**!! जय श्रीकृष्णा !!**

# पावती (स्वीकृति)

इस ग्रंथ की रचना में अनेक प्रेरणाएँ और सहयोग जुड़े हुए हैं। मैं हृदय से उन सभी का आभार व्यक्त करता हूँ, जिनके बिना यह कार्य संभव नहीं हो पाता।

सबसे पहले, यह पुस्तक समर्पित है मेरे गुरु को, जिनकी कृपा और मार्गदर्शन ने इस आध्यात्मिक यात्रा को दिशा दी।

मैं उन सभी साधकों और भक्तों का आभारी हूँ, जिनकी कथाएँ और अनुभव इस ग्रंथ में प्रेरणा स्वरूप समाहित हैं।

विशेष धन्यवाद उन मित्रों और परिवारजनों को, जिन्होंने इस यात्रा में मेरा साथ दिया और मुझे निरंतर प्रोत्साहित किया।

मैं उन सभी पाठकों का भी आभार व्यक्त करता हूँ, जो इस पुस्तक को पढ़कर अपने जीवन में भक्ति, प्रेम और त्याग का मार्ग अपनाएँगे।

यह ग्रंथ केवल मेरा नहीं, बल्कि उन सभी का है जिन्होंने सत्य की खोज में अपना जीवन समर्पित किया है।

!! जय श्रीकृष्णा !!

# आमुख

यह ग्रंथ केवल एक कथा नहीं, बल्कि एक आध्यात्मिक यात्रा है। इसमें एक साधक मोहन की खोज, उसके गुरु द्रोणाचार्य से मिलन, और उनके द्‌वारा दिए गए अमर उपदेशों का विस्तार है।

पुस्तक में महाभारत के प्रसंग, गांधारी का श्राप, राधा-कृष्ण का दिव्य प्रेम, बुद्‌ध और महावीर की जीवन कथाएँ, तथा अंत में संगीत का प्रेम — सब कुछ एक सूत्र में पिरोया गया है। यह ग्रंथ हमें यह सिखाता है कि गुरु का मार्गदर्शन, प्रेम की शक्ति, त्याग और भक्ति ही आत्मा को ईश्वर तक पहुँचाने का साधन हैं।

इस पुस्तक का उद्‌देश्य है पाठक को यह समझाना कि आत्मा का साक्षात्कार ही प्राणी का प्रथम कर्तव्य है। जब हम मोह और तृष्णा का त्याग करके प्रेम और भक्ति में लीन होते हैं, तब ही हमें सच्चा ज्ञान प्राप्त होता है।

यह ग्रंथ उन सभी साधकों, भक्तों और पाठकों को समर्पित है जो सत्य की खोज में हैं और जो अपने जीवन को आध्यात्मिकता से जोड़ना चाहते हैं।

!! जय श्रीकृष्णा !!

# 1

# माखन की लीला और दो उँगली का रहस्य

गोकुल की सखियाँ हर दिन किसी न किसी बहाने से नंद राय जी के घर पहुँच जाती थीं। आज भी सब सहेलियाँ माँ यशोदा के द्वार पर आ धमकीं। उन्हें देखकर यशोदा जी ने मुस्कुराते हुए पूछा—

**यशोदाः** "क्या हुआ तुम सबको? आज मेरे लल्ला ने क्या कर दिया कि सबकी सब एक साथ मेरे द्वार पर आ पहुँची हो?"

सखियाँ एक स्वर में बोलीं—

**सखियाँः** "हम क्या करें यशोदा, आज भी तुम्हारे लल्ला ने हमारी माखन से भरी मटकियाँ तोड़ डालीं और सारा माखन मिट्टी में मिला दिया। अब सहन की भी हद होती है। कभी मटकी तोड़ देता है, कभी घर में घुसकर माखन चुरा लेता है। हमने सोचा नादान है, सुधर जाएगा, लेकिन अब यह रोज़ की बात हो गई है।"

उनके मुख पर शिकायत थी, पर अंतर्मन में कान्हा के दर्शन की चाह छुपी हुई थी। शिकायत तो बस एक बहाना था। भगवान श्रीकृष्ण सदैव अपने चाहने वालों से दो उँगली का फासला बनाए रखते थे—यह उनका रहस्य था।

यशोदा जी ने शांत स्वर में कहा—

**यशोदाः** "आपका नुकसान मैं लौटा नहीं सकती, पर इतना कर सकती हूँ कि दूध-माखन आप हमसे ले जाइए। मेरा लल्ला नटखट है, पर जिस इल्ज़ाम का आप सबने उस पर आरोप लगाया है, वह गलत है।"

सखियाँ झेंपते हुए बोलीं—

**सखियाँः** "यदि हम उसे मटकी फोड़ते देख लेते तो शिकायत करने नहीं आते, स्वयं

ही दंड दे देते।"

दरअसल वे सब कान्हा के दर्शन की अभिलाषा में आई थीं। यशोदा ने काम करने वालों से माखन-दही भरकर मटकियाँ लाने को कहा और बोलीं—

**यशोदा:** "लो, अपनी-अपनी मटकियाँ ले जाओ। पर मेरे लल्ला पर झूठा आरोप मत लगाना। यदि चाहिए तो सीधे माँग लो। हमारे यहाँ किसी चीज़ की कमी नहीं है।"

सखियाँ बोलीं—

**सखियाँ:** "हमारे घरों में भी कमी नहीं है। हमने सच ही कहा है।"

यशोदा ने समझाया—

**यशोदा:** "आज मेरा लल्ला घर से बाहर गया ही नहीं। तो उसने मटकी कैसे फोड़ी?"

सखियाँ ज़िद पर अड़ीं—

**सखियाँ:** "तो उसे बुलाओ। कहाँ छुपा रखा है?"

भगवान जानते थे कि सखियाँ वास्तव में उनके दर्शन चाहती हैं। माखन तो बहाना था। उन्होंने माखन मिट्टी में इसलिए मिलाया था कि जीव-जंतु भी उसका भोग कर सकें। यही कारण है कि गोकुल, वृंदावन और बरसाने में आज भी दूध-दही की कमी नहीं है।

कान्हा ने अपने मुख पर माखन लगा लिया ताकि सखियाँ झूठी न पड़ें। तभी यशोदा ने पुकारा—

**यशोदा:** "कान्हा, बाहर आओ। ये सब तुम्हारी शिकायत लेकर आई हैं।"

कान्हा बाहर आए और बोले—

**कान्हा:** "मैया, आपने तो मुझे अंधेरी कोठरी में बंद कर रखा था। मैं बाहर कैसे जा सकता था? ये सब मुझसे मिलने के लिए बहाना बना रही हैं। अब आपने मुझे देख लिया, तो इन्हें जाने दीजिए।"

यशोदा ने कहा—

**यशोदा:** "देखो, लल्ला तो सुबह से भूखा-प्यासा कोठरी में बंद था। अब तो विश्वास हो गया ना?"

सखियाँ हँसते हुए बोलीं—

**सखियाँ:** "यशोदा, तुम्हें भी छल लिया गया है। ज़रा उसके मुख पर माखन देखो।"

यशोदा शर्मिंदा हुई और बोलीं—

**यशोदा:** "ठीक है, तुम जीत गईं और मैं हार गई। ये लो मेरी मटकी भी।"

सखियाँ चली गईं। यशोदा ने छड़ी उठाई और कान्हा को पकड़कर बोलीं—

**यशोदा:** "अब तुम झूठ बोलना भी सीख गए हो। आज तुम्हें सज़ा मिलेगी।"

कान्हा ने कहा—

**कान्हा:** "मैया, यदि मटकी फूटी होगी तो माखन धरती पर गिरा होगा। मैंने कैसे खाया होगा?"

पर यशोदा सुनने को तैयार न थीं। उन्होंने रस्सी से कान्हा को ओखली से बाँधने का प्रयास किया, पर हर बार रस्सी दो उँगली छोटी रह जाती। यही प्रभु की लीला थी—सदैव दो उँगली का फासला।

थककर यशोदा बोलीं—

**यशोदा:** "अब और मत सताओ लल्ला, बंध भी जाओ। मुझे नदी पर जाना है।"

प्रभु प्रेम के प्यासे थे, पर प्यार से दूर रहते थे। क्योंकि प्यार में स्वार्थ होता है, जबकि प्रेम अटूट बंधन है। यही मार्ग है प्रभु से मिलन का। जिस दिन प्राणी प्रेम और प्यार का अंतर समझ लेगा, उसी दिन दो उँगली का फासला समाप्त हो जाएगा।

भगवान श्रीकृष्ण ने माँ राधा के साथ प्रेम किया और सखियों के संग रास रचाया। उन्होंने सबको प्रसन्न किया, कभी निराश नहीं किया। परंतु वे फिर भी दो उँगली का फासला बनाए रखते थे।

आज भी कई लोग अहंकार में स्वयं को ईश्वर कहने लगते हैं। वे प्रभु की माया में फँस जाते हैं और अपराध करते हैं। फिर अपनी भूलों का दोष भी ईश्वर पर डालते हैं। जबकि सच्चाई यह है कि हर प्राणी अपने कर्मों का फल भोगता है।

प्रभु सदैव परोपकारी हैं। लेकिन मनुष्य अपने कर्म भूल जाता है। जैसे कोई मंदिर में मन्नत माँगता है, पर पूरी होने पर उसे उतारना भूल जाता है। तब वह दुख पाता है। यही कर्म का रहस्य है।

महाभारत के एक छोटे से प्रसंग द्वारा कर्म को समझने का प्रयास कीजिए। महाभारत के युद्ध के बाद जब पांडव श्रीकृष्ण संग भीष्म पितामह से मिलने गए, तो भीष्म ने कहा—

**भीष्म:** "हे माधव, मुझे आपके कृपा से सौ जन्मों का ज्ञान है। मैंने कोई ऐसा अपराध नहीं किया कि इस जन्म में बाणों की शैया पर लेटना पड़े। कृपा कर मुझे उस अपराध से अवगत कराइए।"

श्रीकृष्ण ने भीष्म पितामह की ओर देख कर कहा—

**श्रीकृष्ण:** "हे तात, मैं आपकी जिज्ञासा समझ सकता हूँ और आज उसका निवारण भी कर रहा हूँ। सुनिए। इस संसार का विद्वान से विद्वान और योगी से योगी प्राणी भी केवल अपने पिछले सौ जन्मों तक ही देख सकता है। लेकिन मैं स्वयं ईश्वर हूँ। मैं हर प्राणी के आरंभ से लेकर उसके हर जन्म के अंत तक देख सकता हूँ। अब

मैं आपको ऐसी दिव्य दृष्टि प्रदान करता हूँ जिससे आप अपने सौ जन्मों से पहले के उस जन्म को देख सकेंगे, जहाँ आपसे वह अपराध हुआ था जिसकी सज़ा आज आपको मिली है।"

इतना कहते हुए श्रीकृष्ण ने अपना हाथ उठाया। उसमें से एक तेज प्रकाश की किरण निकली और भीष्म की त्रिकुटी से टकराई। तभी भीष्म ने देखा कि वे अपने पूर्व जन्म में एक राजा थे।

वह राजा घोड़े पर सवार होकर जंगल में शिकार करने जा रहा था। पगडंडी पर चलते हुए अचानक एक लंबा, काला नाग उनके मार्ग में आ खड़ा हुआ। उसका फन फैला हुआ था और वह बार-बार फुँकार मार रहा था। घोड़ा भय से ठिठक गया।

राजा ने घोड़े से कहा—

राजा: "क्या हुआ तेजस्वी, रुक क्यों गए? क्या तुम्हें भूख लगी है?"

घोड़े ने ज़ोर-ज़ोर से हिनहिनाना शुरू कर दिया। राजा समझ गए कि घोड़े ने किसी खतरे को भाँप लिया है। वे उतरकर चारों ओर देखने लगे और उनकी दृष्टि उस नाग पर पड़ी। उन्होंने उसे हटाने का प्रयास किया, पर नाग अपनी ज़गह से हिला नहीं। जब भी राजा समीप जाते, नाग फुँकार मारकर डसने का प्रयास करता।

राजा को क्रोध आया। उन्होंने सोचा—"जंगल में शिकार नहीं मिला, तो क्यों न इसी नाग से खेल लिया जाए।" उन्होंने अपने तूणीर से एक बाण निकाला और नाग के फन पर चला दिया। नाग तिलमिला उठा। राजा प्रसन्न हुए और हँसते हुए उसे तीर से उठाकर लट्टू की तरह घुमाया और काँटों वाले झाड़ पर फेंक दिया। नाग काँटों में उलझकर तड़पने लगा।

दिव्य दृष्टि समाप्त हुई। भीष्म ने समझ लिया कि आज वे स्वयं उसी नाग की भाँति बाणों की शैया पर असहाय लेटे हुए हैं। यह जानकर उनकी आत्मा को शांति मिली और वे जीवन के संघर्ष से मुक्त हो गए।

मित्रों, यही सत्य है कि ईश्वर का नाम केवल एक बार जपने से यदि मिलन संभव होता तो साधना का महत्व ही क्या रहता। जप निरंतर करना पड़ता है।

अब प्रश्न यह उठता है कि भगवान श्रीकृष्ण ने प्रेम केवल माता राधा से ही क्यों किया और मित्रता केवल सुदामा से ही क्यों की। संसार में अनेक भक्त दिन-रात उनकी आराधना करते थे, फिर भी उन्होंने सुदामा को ही अपना मित्र क्यों माना।

माता राधा ने जन्म ही प्रेम की परिभाषा सिखाने के लिए लिया था। वहीं सुदामा को ईश्वर ने निर्धन ब्राह्मण बनाकर संसार में भेजा ताकि मित्रता का आदर्श स्थापित हो सके।

सोचने का विषय यह भी है कि क्या श्रीकृष्ण और राधा का संग अनेक जन्मों से चला आ रहा है? क्या साधारण प्राणी भी उन्हीं के साथ जन्म-जन्मांतर से जुड़ा हुआ है? गौ माता भी तो हर जन्म में उनके साथ रही है, जो शिव और कृष्ण दोनों को प्रिय है।

सत्य यही है कि प्राणी अपने जन्म भूल जाता है, पर श्रीहरि को हर जन्म का ज्ञान है। वे हर पल सही कर्म की प्रेरणा देते रहते हैं। लेकिन कलयुग का मनुष्य अपने शरीर के बंधनों और अहंकार में उलझकर सब भूल जाता है।

प्राणी को चाहिए कि अपने चेतन मन को जगाने का प्रयास करे। तभी वह प्रेम को समझ पाएगा। परंतु जब तक वह प्रेम और प्यार का अंतर नहीं समझता, तब तक वह हरी से दो उँगली के फासले पर ही रहेगा।

भक्तों, यही फासला अत्यंत आवश्यक है। जब तक यह मिटे नहीं, ईश्वर का मिलन संभव नहीं। प्राणी चाहे अहंकार में पूरी पृथ्वी का चक्कर लगा ले, अंत में वहीं लौट आएगा जहाँ से चला था। तब उसे समझ आएगा कि उसने क्या खोया और क्या पाया।

संसार की माया का भेदन करना आवश्यक है। लेकिन प्राणी अपने गुरु की बात न समझकर प्यार को ही प्रेम मान लेता है। प्यार नश्वर है, उसमें स्वार्थ और स्वाद छिपा होता है। वही उसके मार्ग का पत्थर बन जाता है। इसीलिए प्राणी को हरी शरण प्राप्त नहीं होती।

!!अध्याय समाप्त!!

# 2

# प्रेम, त्याग और सत्संग का रहस्य

इस पुस्तक के माध्यम से आपको प्रेम की सम्पूर्ण परिभाषा समझ में आ जाएगी। जब यह समझ जागृत होगी, तो आप सहज ही श्रीहरी महाराज तक पहुँच पाएंगे। ठीक उसी प्रकार जैसे माँ राधा ने उस "दो उँगली के फासले" को पीछे छोड़कर उनकी शरण प्राप्त की और श्रीकृष्ण ने उन्हें अपनी कथा का सबसे महत्वपूर्ण पात्र बना लिया। माँ राधा के अतिरिक्त श्री सुदामा जी ने भी उस दूरी को मिटा दिया और प्रभु की शरण में पहुँच गए।

प्राणी को भी चाहिए कि वह अपने जीवनकाल में यही प्रयास करे—उस दूरी को मिटाकर प्रभु से मिलन कर सके। कई बार मनुष्य इस मार्ग पर चलने का संकल्प करता है, ध्यान केंद्रित करने के लिए समय निकालता है, और चाहता है कि जीवन रहते-रहते उस फासले को समाप्त कर दे। लेकिन कुछ बाधाएँ ऐसी होती हैं जो उसके हाथ में नहीं होतीं।

आपने देखा होगा। कि गली के कुत्ते चोट या बीमारी के कारण रोते हैं, कई तो मर भी जाते हैं। वहीं कुछ कुत्ते बड़े-बड़े घरों में रहते हैं, गाड़ियों और हवाई जहाजों में घूमते हैं, उनके मालिक और नौकर उनकी सेवा करते हैं, डॉक्टर उनका इलाज करते हैं। यह सब उनके कर्मों का ही फल है।

ईश्वर की दृष्टि में इंसान और पशु दोनों अपने-अपने कर्मों का फल भोगते हैं। हर जीव में आत्मा होती है और परमात्मा का वास होता है। अंतर केवल इतना है कि मनुष्य में वह बुद्धि है जिससे वह "दो उँगली का फासला" मिटा सकता है। पशु अपने स्वभाव से बंधे होते हैं, उनकी बुद्धि केवल स्वार्थ तक सीमित होती है।

मनुष्य के भीतर अनेक शक्तियाँ होती हैं—ज्ञान शक्ति, मन की शक्ति, चेतन शक्ति, आत्मा की शक्ति। लेकिन इन सबके ऊपर प्रेम की शक्ति होती है। प्रेम ही सभी शक्तियों को अपने वश में रखता है।

इसीलिए प्राणी को चाहिए कि वह अपने इंद्रियों का सही उपयोग करे।

- **कान**: सदैव मीठी वाणी सुनें। निंदा और ईर्ष्या सुनने से पुण्य पाप में बदल जाता है।
- **नाक**: शुद्ध वायु में रहें, दुर्गंध से दूर रहें।
- **आँखें**: दृष्टि को पवित्र रखें। नंगता, अपराध, जुआ, नशा या झगड़े देखने से बचें।
- **मुख**: मीठे बोल बोलें, दाँतों की सफाई रखें, कटु वचन से बचें।
- **स्वाद**: सादा भोजन करें, मांस और मदिरा से दूर रहें।

जो प्राणी अपने कर्मों को सही रखता है, वह सदैव प्रसन्न रहता है और उसके चेहरे पर तेज बना रहता है। ईश्वर भी ऐसे प्राणियों से प्रसन्न रहते हैं।

त्याग का मार्ग भी इसी साधना का हिस्सा है। त्याग कई प्रकार का हो सकता है और यह मार्ग कठिनाइयों से भरा होता है। लेकिन अंत में सफलता अवश्य मिलती है।

अब आपको एक कथा सुनाते हैं, जिसके माध्यम से त्याग का महत्व और "दो उँगली का फासला" मिटाने का रहस्य समझ में आएगा।

यह कथा उस समय की है जब हर घर में पशु पालन होता था। गाँव के ग्वाले गाय-भैंसों को जंगल में चराने ले जाते थे। चारे की कोई कमी नहीं थी, दूध शुद्ध था, और लोग स्वस्थ व दीर्घायु होते थे। उस गाँव का नाम था घनेड़ा।

उस गाँव में मोहन नाम का एक युवक रहता था। उसके घर में बहुत गाय-भैंसें थीं, पर वह दूध का व्यापार नहीं करता था। उसकी परचून की दुकान थी और परिवार धनी था। उसके पूर्वज ब्याज पर धन देते थे और उस धन का कुछ हिस्सा भले कार्यों में लगाते थे।

एक दिन मोहन अपने पिता के साथ आँगन में बैठा था। उसके मन में एक प्रश्न उठा—

**मोहन**: "पिता जी, मेरी जन्म कुंडली किस पंडित ने बनाई थी?"

**पिता**: "अरे बेटा, बीस साल में पहली बार यह प्रश्न पूछ रहा है। क्यों अचानक यह जानना चाहता है?"

**मोहन:** "पिता जी, मुझे कई बार ऐसा लगता है कि कोई मुझे पुकार रहा है। क्या जन्म कुंडली में पिछले जन्मों का लेखा-जोखा भी लिखा होता है?"

**पिता:** "हाँ बेटा, उसमें कई जन्मों का विवरण होता है। तुम्हारी कुंडली पंडित दीनानाथ जी ने बनाई थी। वे पूरे प्रांत के प्रसिद्ध पंडित हैं। उनसे मिल लो।"

तभी अम्मा ने कहा—

**अम्मा:** "मोहन बेटा, अचानक दीनानाथ जी से मिलने की बात क्यों कर रहा है? सब ठीक तो है?"

**मोहन:** "अम्मा जी, जब मैं दुकान में अकेला होता हूँ तो मुझे लगता है कि कोई मेरी राह देख रहा है। यह क्यों होता है?"

**अम्मा:** "जब तुम्हारी कुंडली बनी थी, दीनानाथ जी ने हमें एक बात बताई थी। हमने तुमसे छिपा ली थी क्योंकि तुम छोटे थे। अब तुम उनसे स्वयं मिलकर पूछ लेना।"

मोहन ने कहा—

**मोहन:** "ठीक है अम्मा जी। मैं कल उनसे मिलूँगा। आज तो मैं मंदिर जा रहा हूँ, जहाँ योगिराज पधारे हैं।"

**पिता:** "बेटा, मंदिर खाली हाथ जा रहा है क्या?"

**मोहन:** "तो पिता जी, अम्मा जी, आप बताइए कि मैं अपने साथ क्या लेकर जाऊँ?"

पिता ने अम्मा से कहा—

**पिता:** "अजी सुनती हो, कुछ टिक्कर बना दो, देसी घी लगाकर। साथ में एक बड़ा जग भरकर छाछ भी ले जाना।"

**अम्मा:** "जी अच्छा, मैं अभी बना कर लाती हूँ।"

कुछ देर बाद अम्मा ने मोहन को प्रसाद दिया—

**अम्मा:** "लो बेटा, ये सब प्रसाद समझकर साधु महाराज को दे देना।"

**मोहन:** "जी अम्मा जी।"

मोहन वह सब सामान लेकर मंदिर पहुँचा और धर्मशाला के द्वार पर पहुँचा। अंदर साधु महाराज सत्संग कर रहे थे। मोहन द्वार पर खड़ा होकर कुछ देर तक सत्संग सुनता रहा। तभी चार साधु आए और आपस में बोले—

**चार साधु:** "महाराज जी तो सत्संग कर रहे हैं। पाँच मिनट में समाप्त होगा। चलो जल्दी अंदर चलें।"

अंदर एक व्यक्ति ने गुरुजी से प्रश्न करने की अनुमति माँगी।

**गुरुजी:** "पूछो पुत्र, क्या पूछना चाहते हो?"

**आदमी:** "गुरुजी, मैं अपने परिवार का मुखिया हूँ। मैं ही कमाता हूँ। तो क्या इसका

अर्थ है कि मैं ही अन्नदाता हूँ? यदि मैं धन देना बंद कर दूँ तो क्या मेरा परिवार भूखा मर जाएगा? क्या मेरा प्रश्न उचित है?"

गुरुजी ने प्रेम से उत्तर दिया—

**गुरुजी:** "पुत्र, यह प्रश्न बहुत सुंदर है। संसार को चलाने में केवल ईश्वर की रज़ा होती है। हर प्राणी एक-दूसरे पर निर्भर है। बड़ी मछली छोटी को खाती है, जानवर भी एक-दूसरे का भक्षण करते हैं। इंसान अपने परिवार का पालन करता है, लेकिन इसका अर्थ यह नहीं कि वह अन्नदाता है। वह केवल माध्यम है। अन्नदाता तो ईश्वर ही हैं। वर्षा होती है तो अन्न उत्पन्न होता है। किसान कर्म करता है, पर भोजन देने वाला ईश्वर है। हर प्राणी अपने भाग्य का खाता है। कभी भोजन सामने होता है, पर प्राणी उसे ग्रहण नहीं कर पाता। यह सब बंसी वाले की लीला है।"

सत्संग समाप्त हुआ। सब लोग बाहर निकलने लगे। चार साधु गुरुजी के पास आए और बोले—

**चार साधु:** "गुरुजी प्रणाम। आज हमें दान में अन्न का एक दाना भी नहीं मिला। आपने कहा था कि ईश्वर किसी को भूखा नहीं सुलाते, पर आज तो हम जल पीकर ही गुज़ारा करेंगे। आपका तर्क गलत साबित हो गया।"

गुरुजी ने प्रेम से समझाया—

**गुरुजी:** "धैर्य रखो। कहीं न कहीं से भोजन की व्यवस्था हो जाएगी।"

चेले हँसते हुए बोले—

**चेले:** "गुरुजी, यदि हम भिक्षा माँगने नहीं जाएँगे तो भोजन कैसे मिलेगा? बैठे-बैठे भोजन नहीं मिल सकता।"

गुरुजी ने दृढ़ स्वर में कहा—

**गुरुजी:** "गलत। आज मैं साबित कर दूँगा कि बैठे-बैठे भी भोजन मिल सकता है। कल से कोई भिक्षा माँगने नहीं जाएगा। बताओ, यदि भोजन की थाली सामने रखी हो तो क्या बिना परिश्रम किए वह पेट में चला जाएगा?"

**चेले:** "नहीं गुरुदेव, हमें हाथ से भोजन उठाकर मुख तक ले जाना होगा।"

**गुरुजी:** "बिल्कुल नहीं। आज आप चमत्कार देखेंगे। आपको केवल एक कर्म करना होगा—अपने अंतःकरण में भगवान श्रीकृष्ण का कीर्तन करना।"

गुरुजी ने आदेश दिया—

**गुरुजी:** "राम नाम लड्डू, गोपाल नाम घी। हरी के नाम मिश्री तू घोल-घोल पी। हरे कृष्ण हरे कृष्ण, कृष्ण कृष्ण हरे हरे। हरे राम हरे राम, राम राम हरे हरे।"

सभी ने खड़ताल-मंजीरा उठाया और भाव से कीर्तन करने लगे। नेत्र बंद हो गए, वातावरण आनंदमय हो गया। चारों ओर भव्य खुशबू फैल गई। ऐसा लगा मानो

स्वयं श्रीहरी का वास हो चुका हो।

मोहन भी मग्न हो गया। वह उठा और गुरुजी के चरणों में घर से लाए टिक्कर और अन्य प्रसाद रख दिया। गुरुजी प्रसन्न हुए और बोले—

गुरुजी: "आशीर्वाद। जय श्रीकृष्ण। जय श्रीराम।"

गुरुदेव के मुख से गूँजते जयकार सुनकर सभी चेलों की चेतना टूटी।

**!!अध्याय समाप्त!!**

# 3

# सत्संग का चमत्कार और इन्द्र का अहंकार

गुरुजी ने प्रेम से पुकारा—

**गुरुजी:** "चलो भक्तों, आओ और यहाँ आकर भोजन करो। आप सबके लिए भोजन की व्यवस्था हो गई है।"

गुरुजी के वचन सुनते ही चेले अचंभित होकर एक-दूसरे को देखने लगे। उनकी शंका उसी क्षण दूर हो गई। सबने पेट भर भोजन किया और मन ही मन प्रण लिया कि आज से भिक्षा माँगने के स्थान पर केवल ईश्वर का भजन ही करेंगे।

मोहन ने सबको प्रणाम किया और गाँव लौट आया। उसने गाँववालों को सारी घटना सुनाई और कहा—

**मोहन:** "इन संतों ने हमारे गाँव के कल्याण हेतु ही यहाँ डेरा डाला है। पता नहीं कब तक ये यहाँ रहेंगे।"

सरपंच ने पूछा—

**सरपंच:** "मोहन बेटा, तुम कहना क्या चाहते हो? गाँव से लोग सत्संग सुनने जाते तो हैं।"

**मोहन:** "जी, लेकिन वे लेकर क्या जाते हैं? आज जब मैं गया तो माँ ने दूध, दही और घी से बनी रोटियाँ प्रसाद स्वरूप भेजीं। मैंने पहले सत्संग सुना, फिर प्रसाद अर्पित किया। गुरुजी ने बताया कि भोजन देने वाला ईश्वर है, मनुष्य मात्र माध्यम है। जब शिष्यों को भिक्षा नहीं मिली तो वे निराश हो गए। गुरुजी ने समझाया कि यह प्रभु की चेतावनी थी—तुम्हें अपने कर्मों पर ध्यान देना चाहिए।"

गुरुजी ने शिष्यों को याद दिलाया कि जब वे प्यासे थे, तो एक नवविवाहिता युवती ने उन्हें जल दिया। वे उसकी सुंदरता में मोहित हो गए और उसी क्षण प्रभु को भूल बैठे। यही उनकी भूल थी। गुरुजी ने कहा—

**गुरुजी:** "अब तुम्हें अपने सारे कर्म भूलकर केवल श्रीहरी को याद करना होगा। हरी कभी भक्तों को निराश नहीं करते।"

इसके बाद सब भजन-कीर्तन में मग्न हो गए। वातावरण ऐसा बना मानो स्वयं श्रीहरी धरती पर आ गए हों। चारों ओर भव्य खुशबू फैल गई। मोहन ने गुरुजी को प्रसाद अर्पित किया और आशीर्वाद पाया। शिष्यों ने भी प्रसाद ग्रहण किया और चमत्कार देखकर हैरान रह गए।

मोहन की बात सुनकर गाँववालों को गहरा ज्ञान मिला। सरपंच की आँखें खुल गईं। धीरे-धीरे यह बात पूरे गाँव में फैल गई। उस दिन से प्रतिदिन गाँव के लोग संतों के लिए भोजन ले जाने लगे। शिष्य अब केवल भजन-कीर्तन में दिन व्यतीत करने लगे और भिक्षा माँगना बंद कर दिया।

अगले दिन मोहन अपनी जन्मकुंडली लेकर पंडित दीनानाथ जी के पास पहुँचा। वहाँ भीड़ थी। गुरुजी ने उसे मुस्कुराकर बैठने का संकेत दिया। भीड़ कम होने पर उन्होंने मोहन को बुलाया।

**गुरुजी:** "पुत्र मोहन, कहो, तुम्हारी दुकान कैसी चल रही है?"

**मोहन:** "गुरुजी, सब आपकी कृपा है। दुकान अच्छी चल रही है।"

**गुरुजी:** "तो आज कैसे आना हुआ?"

**मोहन:** "गुरुजी, मेरे पिता ने बताया कि आपने ही मेरी जन्मकुंडली बनाई थी। मैं उसे दिखाना चाहता हूँ। कई बार मुझे ऐसा लगता है कि कोई मुझे पुकार रहा है। क्या आप मेरे पिछले जन्मों पर प्रकाश डाल सकते हैं?"

गुरुजी ने कहा—

**गुरुजी:** "पुत्र, जन्मकुंडली बहुत कुछ बता सकती है। पिछले जन्मों के कर्मों से ही संसार चलता है। मैं तुम्हें एक कथा सुनाता हूँ। क्या तुम राजा इन्द्र को जानते हो?"

**मोहन:** "जी, वे देवताओं के राजा हैं।"

**गुरुजी:** "सही कहा। इन्द्र स्वर्ग लोक पर शासन करते हैं। उनके दरबार में अप्सराएँ नृत्य करती हैं। एक दिन उन्होंने देवताओं से कहा कि स्वर्ग की अप्सराओं जैसी सुंदर स्त्रियाँ कहीं नहीं। देवताओं ने उत्तर दिया कि धरती पर भी सुंदर स्त्रियाँ हैं। इस पर इन्द्र ने नारद जी को बुलाया और उनसे चंद्रदेव को दरबार में लाने का आदेश दिया।"

नारद जी चंद्रदेव के पास पहुँचे और संदेश दिया। चंद्रदेव स्वर्ग लोक पहुँचे। उनका महत्व अधिक था क्योंकि वे धरती का संतुलन बनाए रखते हैं और वर्षा में इन्द्र का साथ देते हैं।

गुरुजी ने आगे कथा सुनाई कि द्वापर युग में इन्द्र को अहंकार हो गया था। तब श्रीकृष्ण ने बाल्यकाल में उनकी घमंड तोड़ने की लीला रची। नन्द बाबा गाँव में यज्ञ की तैयारी कर रहे थे। कृष्ण ने पूछा—

**कृष्ण:** "बाबा, गाँव को क्यों सजाया जा रहा है?"

**नन्द बाबा:** "लल्ला, तुम छोटे हो। यह इन्द्रदेव को प्रसन्न करने के लिए यज्ञ है। यदि हम यज्ञ न करें तो इन्द्र वर्षा नहीं करेंगे और अकाल पड़ जाएगा।"

कृष्ण ने मन ही मन सोचा कि इन्द्र और प्रकृति दोनों ही ब्रह्मा और शिव के अधीन हैं। इन्द्र का अहंकार तोड़ना आवश्यक है। यही उनकी लीला थी।

नन्द बाबा ने कृष्ण से कहा—

**नन्द बाबा:** "लल्ला, तुम नहीं जानते। यदि हम यह यज्ञ न करें तो इन्द्र देवता हमसे रूठ जाते हैं। फिर वे वर्षा नहीं करते। हमारी फसलें खराब हो जाती हैं, अकाल पड़ जाता है, घास नहीं उगती, पेड़-पौधे सूख जाते हैं और हमारे पशु-पक्षी भूख से मर जाते हैं।"

कृष्ण ने गंभीरता से उत्तर दिया—

**कृष्ण:** "तो इसका अर्थ यह हुआ कि यदि इन्द्र देवता प्रसन्न न हुए तो सब अनर्थ हो जाएगा।"

**नन्द बाबा:** "बिल्कुल, यही तो हम समझा रहे हैं लल्ला।"

कृष्ण ने मन ही मन सोचा—"ये सब व्यर्थ चिंता कर रहे हैं। इन्द्र तो शिव और विष्णु के अधीन हैं। प्रकृति ब्रह्मा के हाथ में है। इन्द्र का घमंड तोड़ना आवश्यक है। आज मैं उसे चुनौती देता हूँ।"

इन्द्र को जब ज्ञात हुआ कि मथुरा में उनका यज्ञ भंग कर दिया गया है, तो वे क्रोधित हो उठे।

**इन्द्र:** "धरती पर कौन है जिसने मेरा यज्ञ भंग किया? यह नन्हा बालक स्वयं को नारायण समझ रहा है। आज मैं मथुरा को जल-थल एक कर दूँगा।"

इन्द्र ने अपने प्रिय हाथी ऐरावत को बुलाया और उस पर सवार होकर मथुरा पर प्रहार करने लगे। उन्होंने पाँचों तत्वों को हथियार बनाया, पर वे सब श्रीहरि के चरणों में जाकर प्रणाम कर लौट गए। तब इन्द्र ने अपने मेघों को आदेश दिया कि मथुरा पर अनंत जल बरसाएँ।

कुछ ही देर में मथुरा जलमग्न हो गया। लोग त्राहि-त्राहि करने लगे। तब श्रीकृष्ण ने गोवर्धन पर्वत को अपनी छोटी उँगली पर उठा लिया और सबको उसके नीचे आश्रय लेने को कहा। कहते हैं उस समय पर्वत की ऊँचाई तीस हज़ार मीटर थी, जो कलयुग में घटकर केवल तीस मीटर रह गई है।

**(कलयुग का प्रभाव)**

जैसे-जैसे कलयुग बढ़ा, हर वस्तु का आकार घटने लगा—पर्वत, पौधे, जीव और मनुष्य। यही प्रलयकाल की निशानी है। जब प्राणी केवल आठ इंच के रह जाएँगे, तब श्रीहरि कल्कि अवतार लेंगे।

इन्द्र ने देखा कि उनकी सारी शक्तियाँ विफल हो रही हैं। अंततः वे धरती पर आए और श्रीकृष्ण के समक्ष हाथ जोड़कर बोले—

इन्द्रः "हे श्रीहरि नारायण, मुझे आपको पहचानने में भूल हो गई। कृपा कर मुझे क्षमा करें।"

श्रीकृष्ण ने अपना विराट रूप दिखाया। इन्द्र ने देखा कि पूरा संसार उसी रूप से उत्पन्न होकर उसी में समाहित हो रहा है। उनका घमंड चकनाचूर हो गया। उन्होंने आशीर्वाद प्राप्त किया और स्वर्ग लौट गए।

गोवर्धन पर्वत आज भी उसी स्थान पर स्थित है। उसकी परिक्रमा करने से मनोकामनाएँ पूर्ण होती हैं।

**बादलों का रहस्य**

गुरुजी ने समझाया—"जब किसी वस्तु पर उसकी क्षमता से अधिक दबाव पड़ता है, तो वह टूट जाती है। बादल भी जब अधिक जल से भर जाते हैं और आगे बढ़ने का स्थान नहीं मिलता, तो वे फट जाते हैं। यही कारण है कि कहीं-कहीं बादल फटने से भयंकर बाढ़ आती है।"

**इन्द्र और चंद्रमा की कथा**

इन्द्र ने नारद जी के माध्यम से चंद्रदेव को बुलाया।

इन्द्रः "चंद्रदेव, मेरे दरबार में अप्सराएँ नृत्य करती हैं। क्या धरती पर उनसे भी सुंदर कोई नारी है?"

चंद्रदेवः "महाराज, धरती पर लाखों स्त्रियाँ हैं। मैं कैसे जानूँ कि कौन सबसे सुंदर है?"

इन्द्रः "परंतु धरती की स्त्रियाँ तुम्हें निहारती हैं, तुमसे प्रेम करती हैं।"

नारद जी मुस्कुराए और बोले—

नारदः "देवताओं, यह सब श्रीहरि की माया है। जब वे कुछ करने का ठान लेते हैं, तो उसे करके ही रहते हैं।"

चंद्रदेव ने धरती की ओर दृष्टि डाली। उन्होंने देखा कि एक कुटिया के पास एक नारी स्नान के बाद खुले केशों के साथ वन में विहार कर रही है। उन्होंने इन्द्र को बुलाया और कहा—

चंद्रदेवः "महाराज, देखिए, यह नारी अप्सराओं से भी अधिक सुंदर है।"

**!!अध्याय समाप्त!!**

# 4

# अहल्या प्रसंग और इन्द्र का श्राप

चंद्रदेव ने इन्द्र से कहा—

चंद्रमा: "राजन, देखिए, यह नारी अहल्या है। यह अत्यंत सुंदर है।"

इन्द्र ने जब अपनी दृष्टि पृथ्वी पर डाली और अहल्या को देखा तो वे मोहित हो उठे।

इन्द्र: "हे चंद्रदेव, आपने सत्य कहा। यह नारी तो अनुपम है। मुझे इसे देखने के लिए स्वयं पृथ्वी पर जाने की इच्छा हो रही है। कोई उपाय बताइए।"

चंद्रदेव भयभीत हुए—

चंद्रमा: "देव, यह संभव नहीं है। अहल्या ऋषि गौतम की पत्नी हैं। यदि उन्हें पता चला तो उनके श्राप से बचना असंभव होगा।"

इन्द्र ने हठपूर्वक कहा—

इन्द्र: "चंद्रदेव, ऋषियों को ऐसी सुंदर स्त्रियों से क्या लेना-देना? यह नारी किसी राजा के महल में होनी चाहिए। आप बस मुझे उपाय बताइए।"

चंद्रदेव ने समझाया—

चंद्रमा: "देव, शास्त्रों के अनुसार परनारी पर कुदृष्टि डालना पाप है। यदि आपने ऐसा किया तो तीन पापों के भागीदार बनेंगे।"

इन्द्र ने तर्क दिया—

इन्द्र: "पाप तो मैं पहले ही कर चुका हूँ, क्योंकि मेरी दृष्टि अहल्या पर पड़ चुकी है। अब जब पाप हो ही गया है, तो उसे पूर्ण कर लेना चाहिए।"

चंद्रदेव ने बताया कि ऋषि गौतम प्रतिदिन प्रातः गंगा स्नान के लिए जाते हैं और मुर्गे की बांग से जागते हैं। इन्द्र ने योजना बनाई—

**इन्द्रः** "मुर्गे को समय से पहले बांग दिलवाओ। जब गौतम स्नान के लिए निकलेंगे, मैं उनका रूप धारण कर अहल्या से मिलूँगा।"

चंद्रदेव ने सहमति दी। रात ढाई प्रहर के समय उन्होंने दिशा बदल दी, जिससे हल्का उजाला हो गया। मुर्गे ने बांग दी और ऋषि गौतम गंगा स्नान के लिए निकल पड़े।

इन्द्र ने ब्राह्मण का वेश धारण कर कुटिया में प्रवेश किया और फिर गौतम ऋषि का रूप धारण कर लिया। पुत्री अंजना ने उन्हें देखा और बाहर सो गई। अहल्या ने आश्चर्य से पूछा—

**अहल्याः** "स्वामी, आज आप इतनी जल्दी कैसे लौट आए?"

इन्द्र, गौतम के रूप में बोले—

**इन्द्रः** "देवी, आप अप्सराओं से भी अधिक सुंदर हैं। आज हमारा मन आपको निहारने का है।"

इन्द्र अहल्या पर मोहित हो गए और समय का ज्ञान खो बैठे।

उधर गंगा माँ ने गौतम से कहा—

**गंगाः** "पुत्र गौतम, आज तुम समय से पहले स्नान के लिए आए हो। यह छल है। तुरंत घर जाओ और उसे बचाओ।"

गौतम क्रोध में घर की ओर लौटे। आकाश में बिजली चमकी, आंधी और वर्षा होने लगी। चंद्रदेव ने देखा कि गौतम को सब ज्ञात हो गया है। उन्होंने इन्द्र को चेताया कि तुरंत वहाँ से भाग जाएँ। इन्द्र की चेतना टूटी और वे कुटिया से निकलकर स्वर्ग लौट गए।

गौतम जब कुटिया पहुँचे तो देखा कि पुत्री बाहर सो रही है। उन्हें यह अशुभ संकेत लगा। वे बिना आहट किए अंदर गए और अहल्या को नग्न अवस्था में देखकर क्रोध से भर उठे।

ऋषि गौतम का क्रोध जब सीमा पार कर गया, तो उन्होंने अहल्या और अंजना दोनों को कठोर श्राप दे दिया। अहल्या पत्थर की शिला बन गई और अंजना को यह श्राप मिला कि वह कुंवारी होते हुए भी माँ बनेगी।

अहल्या ने काँपते हुए कहा—

**अहल्याः** "स्वामी, आपके वचन अटल हैं। मैं श्राप शिरोधार्य करती हूँ। परंतु कृपा कर यह तो बताइए कि हमारा अपराध क्या था?"

गौतम ने उत्तर दिया—

**गौतम:** "पत्नी का धर्म है कि वह पति की सेवा करे और मर्यादा बनाए रखे। तुमने पराए पुरुष के साथ संबंध बनाकर उस मर्यादा का उल्लंघन किया है। यही तुम्हारा अपराध है।"

अहल्या और अंजना ने कहा—

**अहल्या:** "स्वामी, आपने बिना देखे हमें अपराधी ठहरा दिया।"

**अंजना:** "पिताजी, हमने आपको अपनी आँखों से कुटिया में प्रवेश करते देखा था। मुर्गे ने अब बांग दी है। आप ही बताइए कि आप समय से पहले क्यों लौटे?"

गौतम का माथा ठनक गया। उन्होंने ध्यान लगाया और सारा सत्य जान लिया। उसी क्षण वे क्रोध में इन्द्र के पास पहुँचे। इन्द्र और चंद्रमा भयभीत होकर क्षमा माँगने लगे।

गौतम ने श्राप दिया—

**गौतम:** "इन्द्र, अब तुम्हारी दृष्टि जहाँ भी जाएगी, तुम्हें स्त्री की योनि ही दिखाई देगी। चंद्रमा, तुम्हारे चेहरे पर मुर्गे का चित्र सदैव रहेगा। केवल पूर्णिमा के दिन ही तुम्हारा शुद्ध रूप दिखेगा।"

श्राप पूरा होते ही इन्द्र ने देखा कि उनकी दृष्टि हर ओर स्त्री की योनि दिखा रही है। वे पछताने लगे और गौतम से क्षमा माँगी।

**इन्द्र:** "ऋषिवर, मैं अपराधी नहीं हूँ। आपकी पत्नी देवी समान है। कृपा कर मेरी व्यथा सुनिए।"

गौतम ने कहा—

**गौतम:** "ठीक है, बताओ।"

इन्द्र ने कहा—

**इन्द्र:** "जब मैं आपका रूप धारण कर कुटिया में पहुँचा, अहल्या ने मुझे आप ही समझा। उसने अपने स्वामी की आज्ञा का पालन किया। जब मैंने उसे निर्वस्त्र होने को कहा, तो उसके पतिव्रत के तेज ने उसे ढक लिया। मैं उसे निर्वस्त्र देख ही नहीं पाया। उसका पतिव्रत ही उसकी रक्षा कर रहा था। मेरी प्यास वस्त्रों में ही शांत हो गई। यह सब इसलिए हुआ क्योंकि मैंने आपका रूप धारण किया था।"

हे ऋषिवर, आप तो मेरे लिए ईश्वर तुल्य हैं, आप तो दया के सागर हैं। कृपा करके मुझे क्षमा दान दीजिए। जैसा आप सोच रहे हैं, मैंने वैसा कोई भी जघन्य अपराध नहीं किया है। एक बार आप मेरी व्यथा को तो जान लीजिए। एक बार मेरा कथन तो सुन लीजिए। आप मुझे इस श्राप से मुक्त कर दीजिए।

गौतमः उचित है इन्द्र। लेकिन उसके लिए तुमको स्वयं को निरपराध साबित करना होगा। तुम्हारी ऐसी कौन सी मजबूरी थी, जिसके रहते तुमने मेरा वेश धारण किया और मेरी धर्म पत्नी के साथ संबंध बनाए।

इन्द्रः नहीं ऋषिवर ऐसा बिल्कुल नहीं है, जैसा आप सोच रहे हैं। आपकी धर्मपत्नी तो देवी समान है और वो निरपराध है। अब आप मेरी कहानी भी सुन लीजिए।

गौतमः ठीक है बताओ।

इन्द्रः तो सुनिए। जब मैं आपका रूप धारण करके आपकी कुटिया में पहुँचा, तो उसका अंताकर्ण मन आप में ही निहित था। वो मुझे आपके रूप में पहचान ही नहीं पाई। वो तो मुझे आप ही समझ रही थी। क्यूंकी उसके मन में सिर्फ और सिर्फ आप ही समाए हुए थे। वो तो सिर्फ अपने स्वामी की आज्ञा का पालन कर रही थी। मैंने जब उसे निर्वस्त्र होने को कहा तो उसने उस समय अपने पति को प्रसन्न करने के लिए एक क्षण भी संकोच नहीं किया और निर्वस्त्र हो गई। वो तो नहीं जानती थी कि मैं कौन हूँ, लेकिन उस समय मेरे मन की क्या स्थिति थी, वो भी सुन लीजिए। जैसे ही आपकी पत्नी ने अपने वस्त्र उतारे और मैंने उसकी ओर देखने का प्रयास किया, तो उसका पूरा शरीर उसके शरीर से निकल रहे तेज़ से ढक गया, मैं तो उसे निर्वस्त्र कभी देख ही नहीं पाया। उसका पतिव्रत उसे उसके ही औरा से ढक रहा था। उसके बाद मैंने उसे सिर्फ और सिर्फ वस्त्रों में ही देखा। उस समय मेरे बरसों की मन की प्यास उसे वस्त्रों में देखकर ही पूरी हो गई। मेरा मन चित शांत हो गया। यह सब मेरे साथ इसलिए हुआ, क्यूंकी मैंने आपका रूप धारण किया हुआ था।

अब आप ही सोचिए कि मैं आपका शरीर धारण करके किसी दूसरी स्त्री पर कुदृष्टि कैसे डाल सकता था। अब मैं आपको एक बीते हुए कल की याद दिलाता हूँ। आप तो जानते ही हैं कि आपकि पत्नी अहल्या ब्रह्मा जी की मानस पुत्री है। जब उन्होंने उसके विवाह के लिए स्वयंवर रचा था। उस समय अहल्या का नाम मानसी था। वो इतनी सुंदर थी कि उसे देख कर कोई देवता भी अंधेरे में धोका खा जाता था।

आप तो जानते ही हैं कि देवता गण सूर्य उदय से पूर्व ही स्नान इत्यादि कर लेते हैं। क्यूंकी किसी के लिए ये बहुत ही उत्तम समय है स्नान इत्यादि करने के लिए। फिर वो चाहे देवता हों या फिर कोई और प्राणी। वैसे इस कार्य को इस संसार के पक्षी करते आ रहे हैं। यही कारण है कि वो इतने स्वस्थ रहते हैं। यहाँ पर एक ज्ञान की बात है, जो मैं आपके माध्यम से इस संसार के सभी वासियों के लिए कहना चाहता हूँ। पक्षी की बुद्धि, ज्ञान और विवेक तीनों चीज़े जागृत होती हैं। आप ये

समझ लीजिए कि एक पक्षी के लिए उसकी दिन चर्या का सबसे बड़ा कार्य भोजन करना ही होता है। लेकिन वो भी दिन ढलने के बाद कभी भोजन नहीं करता। वो अपना भोजन दिन में ही समाप्त कर लेता है और उसे पचा भी लेता है। यह सब अधिकतर जानवर भी करते हैं। उन सब में बुद्धि और ज्ञान भरपूर होता है। तभी तो वो आने वाले खतरे को अन्य प्राणियों से पहले ही भांप लेते हैं। इतना ही नहीं, वो तो इंसानों को भी आने वाले समय का आभास करा देते हैं। कई बार ऐसा होता है कि जब प्राणी बेखबर हो कर रात्री के समय सो रहा होता है तो कई कुत्ते एक साथ भौंकने लगते हैं। या फिर कागा चिल्लाने लगते हैं या फिर गाय या भैंस रंभाने लगती है।

लेकिन मनुष्य उस समय निद्रा में होने के कारण उसे सुन नहीं पाता। वो सब उसको आने वाले खतरे का एहसास ही तो दिला रहे होते हैं। वो या तो आने वाले भूचाल के बारे में या फिर किसी तूफान के बारे में नहीं तो उस स्थान पर दिख रहे भूत प्रेतों के खतरे का एहसास प्राणी को करवाने के ये सब संकेत देते हैं। इन पक्षियों या जानवरों को आने वाले खतरे का एहसास पहले से ही हो जाता है। सभी पक्षी या जानवर भोर समय में ही उठ जाते हैं और सबसे पहले ईश्वर का सिमरन करते हैं और सबसे पहले ईश्वर का धन्यवाद करते हैं। उसी वक्त वो स्नान इत्यादि भी कर लेते हैं और यही कारण है कि वो सदा स्वस्थ रहते हैं। प्राणी को चाहिए कि वो इन जानवरों या पक्षियों से यह सब सीखे। कई बार रात्री के समय में जब कुत्ते भौंकते हैं तो उन पर प्राणी को गुस्सा या क्रोध नहीं करना चाहिए। उनको समझना चाहिए कि हो सकता है कि उनको किसी तरह के आने वाले खतरे से अवगत करवा रहे हों। प्राणी को चाहिए कि शास्त्रों अनुसार अपने जीवन का चालन पालन करे। जो उसे सदेव ही एक अनुशासन में रहना सिखाता है। प्राणी को सदेव तीन चीजों का ध्यान रखना चाहिए। वो हैं। कर्म, धर्म और समय। अर्थात: प्राणी को प्रतिदिन समय पर उठना चाहिए, स्नान इत्यादि करना चाहिए और समय पर ही भोजन कर लेना चाहिए। प्राणी को चाहिए कि

**गौतमः** इन्द्र, तुमने मुझे इस संसार के ज्ञान सुनने के लिए रोक रखा है या फिर तुम अपनी कहानी सुनाने जा रहे हो। इन सबका अहल्या के जीवन से क्या लेना देना है। तुम कह रहे थे कि अहल्या घाट पर।

**इन्द्रः** ऋषिवर, मैं तो इस संसार को थोड़ा ज्ञान बता रहा था। खैर, मैं आपको बता रहा था कि अहल्या इतनी सुंदर थी कि उसे देख कर कोई भी मोहित हो सकता था। जब वो जल भरने के लिए अपनी कमर पर मटका रख कर घाट पर जाती थी तो ऐसा लगता था कि उसका आँचल हवा से बाते कर रहा हो। उसे देख कर

ऐसा लगता था कि मानो चाँद धरती पर उतर आया हो। उसके चेहरे पर इतना तेज़ था कि ऐसा लगता था कि यदि उसे अंधेरे में कोई देख ले, तो दीपक की कोई आवश्यकता ही ना पड़े। उसके उस रूप से तो देवतागण भी चकित रहते थे। उस बात की भनक जब मुझे लगी तो मैं भी उसको छिप कर देखता था। एक से बड़ कर एक बलधारी उसे पाने के लिए उत्सुक रहते थे। सब एक एक करके ब्रह्मा जी के पास पहुँचने लगे। सब उनसे यही गुहार लगाते थे कि उनका विवाह मानसी से करवा दें। मैं भी मानसी को पाने के लिए एक दिन ब्रह्मा जी के पास पहुँचा। मुझे देखकर ब्रह्मा जी ने बड़े ही आदर से मुझे बिठाया और मेरे आने का कारण पूछा। उन्होंने पूछा कि कहीं स्वर्ग पर कोई विपदा तो नहीं आन पड़ी। मैंने बड़े ही प्रेम भाव से उनको उत्तर देते हुए कहा कि आपके आशीर्वाद से सब कुशल मंगल है। आपके रहते हुए किसी को कष्ट कैसे हो सकता है। आपने तो स्वयं ही इस संसार को रचा है। हम तो आपके दर्शनों के अभिलाषी थे तो आपके दर्शन हेतु आपके धाम पर चले आए।

**!!अध्याय समाप्त!!**

# 5

# अहल्या का स्वयंवर और गौतम ऋषि

इन्द्रः "अभी हम ब्रह्मा जी से यही सब बात कर ही रहे थे कि तभी मानसी वहाँ फलों का थाल और जल की गड़वी लेकर आई। उसने हमारे समक्ष खड़े होकर प्रणाम किया और कहा—'राजा इन्द्र को मानसी का प्रणाम। कृपया कुछ जल और दिव्य फल ग्रहण कीजिए।'

मानसी का वह रूप देखकर मैं मोहित हो गया। मेरे मन की मंशा को ब्रह्मा जी भाँप गए, क्योंकि वे तो स्वयं अंतर्यामी हैं। उन्होंने मेरी ओर देखते हुए कहा—'हे राजन, हे इन्द्र, आप कहाँ खो गए? लीजिए कुछ जलपान कीजिए और उसके बाद जिस कार्य के लिए आए हैं, वह हमसे कहिए। आप तो स्वयं स्वर्ग के राजा हैं, तो आपकी बात को टालना कठिन है। निसंकोच होकर कहिए।'

उनकी बात सुनकर मेरी चेतना टूटी। मैंने कहा—'हे ब्रह्मदेव, जब से मैंने आपकी पुत्री मानसी को देखा है, मैं उससे प्रेम करने लगा हूँ। यदि आपको कोई संकोच न हो, तो मैं उससे विवाह करना चाहता हूँ।'

ब्रह्मा जी कुछ देर शांत रहे और फिर बोले—'क्यों नहीं देवराज। लेकिन मुझे कुछ समय सोचने के लिए दीजिए।' उनकी यह बात सुनकर मेरी प्रसन्नता का ठिकाना न रहा और मैं खुशी-खुशी अपने स्वर्गलोक लौट गया।

हमारे जाने के बाद महर्षि नारद जी ब्रह्मा जी से मिलने आए। उन्हें देखकर ब्रह्मा जी ने कहा—

**ब्रह्माः** "आओ पुत्र, आज तुम्हारा यहाँ कैसे आना हुआ?"

नारदः "नारायण, नारायण। प्रणाम ब्रह्मदेव। मैं यहाँ से गुजर रहा था तो मेरी दृष्टि

इन्द्र देव पर पड़ी। मैंने सोचा कि शायद उन पर कोई विपदा आई होगी, तभी वे आपके पास आए हैं। सोचा पूछ लूँ कि शायद मैं उनकी कोई सहायता कर सकूँ।"

**ब्रह्मा:** "तुमने सत्य कहा पुत्र। विपदा तो आई है, लेकिन इन्द्र पर नहीं, मुझ पर।"

**नारद:** "नारायण, नारायण। आप पर ब्रह्मदेव?"

**ब्रह्मा:** "हाँ पुत्र, अब तुम ही मुझे इस विपदा से उबार सकते हो।"

नारद जी ने विनम्रता से कहा—

**नारद:** "ब्रह्मदेव, मैं तो दर-दर भटकने वाला एक संन्यासी हूँ। भला मैं आपकी क्या सहायता कर सकता हूँ? आप स्वयं त्रिदेवों में से एक हैं, सर्वशक्तिशाली हैं। ऐसी कौन सी विपदा है जो आप स्वयं नहीं टाल सकते? फिर भी आप कहिए कि मैं किस प्रकार मदद कर सकता हूँ।"

ब्रह्मा जी ने कहा—

**ब्रह्मा:** "पुत्र, तुम जानते हो कि मेरी पुत्री मानसी इस संसार की सबसे सुंदर कन्या है। जब भी वह जल भरने जाती है, सभी देवता उसे निहारते रहते हैं और फिर मेरे पास आकर कहते हैं कि मानसी विवाह योग्य हो गई है। उसका विवाह कर दो। मैं सबको कहता हूँ कि थोड़ा इंतजार कीजिए।"

नारद जी ने उत्तर दिया—

**नारद:** "लेकिन ब्रह्मदेव, यदि वह विवाह योग्य हो गई है तो उसका विवाह कर देना चाहिए। इसमें आपत्ति नहीं होनी चाहिए।"

**ब्रह्मा:** "कारण यह है पुत्र कि मैं पुत्री के मोह में फँसा हुआ हूँ।"

**नारद:** "पिता का मोह पुत्री के प्रति होता ही है। लेकिन पुत्री तो पराया धन होती है। एक दिन उसका दान करना ही पड़ता है। आपने ही इस सृष्टि में तीन दानों को सर्वोत्तम माना है—पृथ्वी दान, गौ दान और कन्या दान। यही मुक्ति का मार्ग है।"

ब्रह्मा जी ने कहा—

**ब्रह्मा:** "तुमने सही कहा पुत्र। लेकिन विपदा यह है कि इन्द्र ने आज ही मानसी से विवाह का प्रस्ताव रखा है। उन्होंने कहा कि वे उससे प्रेम करने लगे हैं और उसका हाथ माँगने आए हैं। इन्द्र स्वर्ग के राजा हैं, सभी देवता उनके अधीन हैं। लेकिन वे पहले से विवाहित हैं और उनके दरबार में अप्सराएँ हैं। यदि मेरी पुत्री स्वर्ग की महारानी बनी तो अप्सराएँ उससे ईर्ष्या करेंगी। इन्द्र भी उसकी मोह में अन्य स्त्रियों की उपेक्षा करेगा। यह स्त्री जाति के लिए अच्छा नहीं होगा। इसलिए मैंने इन्द्र को भी वही कहा जो अन्य देवताओं से कहता हूँ—'मुझे सोचने का समय दीजिए।' अब तुम कोई समाधान बताओ।"

नारद जी मुस्कुराए और बोले—

**नारदः** "आप अपनी पुत्री मानसी का स्वयंवर रख दीजिए। शर्त यह हो कि जो भी तीनों लोकों की परिक्रमा करके सबसे पहले लौटेगा, मानसी उसी के गले में वरमाला डालेगी।"

ब्रह्मा जी ने पूछा—

**ब्रह्माः** "लेकिन यदि इन्द्र या कोई देवता यह शर्त पूरी कर ले तो क्या होगा?"

**नारदः** "नारायण, नारायण। ब्रह्मदेव, आप भूल रहे हैं कि स्वयं नारायण के सिवा कोई भी तीनों लोकों की परिक्रमा नहीं कर सकता। और माता लक्ष्मी के रहते वे स्वयं यह शर्त पूरी करने नहीं आएंगे।"

ब्रह्मा जी ने कहा—

**ब्रह्माः** "तुमने सत्य कहा पुत्र। मैं आज ही इस स्वयंवर की घोषणा करवा देता हूँ।"

उधर ऋषि गौतम तपस्या में लीन थे। नारायण उनसे प्रसन्न होकर दर्शन देने आए।

**नारायणः** "उठो पुत्र गौतम। तुम्हारी तपस्या पूरी हुई। हम तुम्हारी तपस्या से अति प्रसन्न हैं। जो चाहो वर माँग सकते हो।"

**गौतमः** "प्रभु, आपके दर्शन से बड़ा वर और क्या हो सकता है। फिर भी यदि आप देना चाहते हैं तो यह वर दीजिए कि जब भी प्रलयकाल आए, मैं आपके संग रहकर कार्य करता रहूँ।"

**नारायणः** "तथास्तु।"

नारायण ने आगे कहा—

**नारायणः** "पुत्र, हम चाहते हैं कि आप ब्रह्मा जी की पुत्री मानसी के स्वयंवर में जाएँ और उस सभा का आनंद प्राप्त करें। वहाँ देवता, महर्षि और महारथी आएंगे। वहाँ जाकर परमानंद लीजिए।"

**गौतमः** "जैसी आपकी आज्ञा प्रभु।"

गौतम ऋषि ब्रह्मलोक पहुँचे। वहाँ अनेकों देवता, महर्षि और महारथी उपस्थित थे। कुछ ही देर में इन्द्र भी अपने लश्कर के साथ पहुँचे। सभी ने उनका अभिनंदन किया। ब्रह्मा जी और उनकी पुत्री मानसी भी सभा में आए।

ब्रह्मा जी ने कहा—

**ब्रह्माः** "आज मेरी पुत्री अपना वर चुनेगी। उसका नाम अब अहल्या है।"

अहल्या ने कहा—

**अहल्याः** "मैं उसी के गले में वरमाला डालूँगी जो मेरी इच्छा पूरी करेगा।"

इन्द्र तुरंत उठे और बोले—

**इन्द्रः** "देवी अहल्या, मैं स्वर्ग का राजा हूँ। आपकी हर इच्छा पूरी कर दूँगा। लेकिन वचन दीजिए कि इच्छा पूरी होने के बाद आप मुझसे ही विवाह करेंगी।"

**अहल्याः** "हम ब्रह्मा जी की पुत्री हैं। हमने जो वचन दिया, सो दिया। मेरी इच्छा है कि जो भी तीनों लोकों की परिक्रमा करके सबसे पहले लौटेगा, मैं उसी के गले में वरमाला डालूँगी।"

सभा में हंगामा मच गया। सब नारद जी की ओर देखने लगे। नारद जी मुस्कुराए और बोले—

**नारदः** "जो भी इस चुनौती को पूरा करेगा, वही अहल्या का वर होगा।"

सभी देवता परिक्रमा के लिए निकल पड़े। नारद जी मुस्कुरा रहे थे क्योंकि वे जानते थे कि केवल नारायण या कोई महान तपस्वी ही यह कर सकता है। तभी उनकी दृष्टि ऋषि गौतम पर पड़ी।

**नारदः** "ऋषिवर, आप इस दौड़ में हिस्सा नहीं ले रहे? क्या आपको हमारी बहन से विवाह की इच्छा नहीं है?"

**गौतमः** "प्रणाम नारद जी। हम ठहरे योगी, तपस्वी। भला मैं इस दौड़ में भाग लेकर क्या करूँगा?"

नारद जी ने मुस्कुराते हुए कहा—

**नारदः** "नारायण, नारायण। ऋषिवर, आपको तो स्वयं श्री हरी नारायण ने वर दिया था। जब आप उनकी आराधना में लीन थे, तब वे आपकी तपस्या से प्रसन्न होकर आपको वर देने आए थे। आपने उनसे कहा था कि आप सदैव उनके साथ हर कार्य में जुड़े रहना चाहते हैं। प्रभु ने आपके वचन सुनकर 'तथास्तु' कहा था। यह तो आपको स्मरण ही होगा।"

**गौतमः** "महर्षि, यह मुझे अच्छी तरह स्मरण है। लेकिन आप कहना क्या चाहते हैं?"

**नारदः** "ऋषिवर, आपके मन में एक शंका फिर भी थी। आपने प्रभु से कहा था कि यदि मेरे लायक कोई सेवा हो तो बताइए। उसी क्षण प्रभु ने आपको इस स्वयंवर में आने का आदेश दिया था। आपने उनसे कहा था कि आप तो संन्यासी हैं, यहाँ आकर क्या करेंगे। तब प्रभु ने कहा था कि किसी भी युग में लोग उनकी माया से बच नहीं पाएंगे। यहाँ तक कि भगवान शिव भी उनकी मोहिनी माया से प्रभावित हुए थे।"

**गौतमः** "आपने सत्य कहा महर्षि। लेकिन मेरी शंका यह है कि शिव कब हरी की माया से ग्रस्त हुए थे?"

**नारदः** "ऋषिवर, आपको समुद्र मंथन तो याद ही होगा। जब देवताओं और दानवों ने मिलकर समुद्र का मंथन किया था, तब अमृत कलश निकला। उसके लिए खींचातानी हुई। तब श्री हरी ने मोहिनी रूप धारण किया। उस मोहिनी रूप को देखकर स्वयं महादेव भी सोच में पड़ गए थे। जब महादेव तक उस रूप से प्रभावित हो सकते हैं, तो मनुष्य की क्या दशा होगी। अहल्या का रूप भी उसी मोहिनी का प्रतिबिंब है। इसी कारण श्री हरी ने आपको यहाँ परमानंद में रहने का आदेश दिया था।"

**गौतमः** "मैं समझ गया महर्षि। मैंने अहल्या को देखा है, लेकिन उसके रूप से तनिक भी प्रभावित नहीं हुआ। प्रभु ने मुझे परमानंद में रहने का आदेश दिया है, अतः मैं उनकी आज्ञा का उल्लंघन नहीं कर सकता। हालांकि उनकी इच्छा की पूर्ति के लिए तीन माह का समय निश्चित हुआ है। कुछ तो तीन दिन कहकर निकल गए हैं, जो संभव नहीं है। अब देखना यह है कि कौन तीन माह में लौटता है। रही बात हमारी, तो हम प्रभु की आज्ञा का पालन करेंगे।"

इतना कहकर गौतम ऋषि पुनः समाधि में लीन हो गए। समय का पता ही नहीं चला और तीन माह बीत गए। अनेक संत, महात्मा, देवता और यहाँ तक कि इन्द्र भी उस चुनौती को पूरा नहीं कर पाए। लज्जा के कारण वे ब्रह्मलोक लौटे ही नहीं।

उधर अहल्या दुखी हो रही थी। उसके चेहरे पर निराशा साफ दिखाई देने लगी। ब्रह्मा जी भी अपनी पुत्री का दुख देखकर क्रोधित और व्याकुल हो उठे। उन्होंने गड़वी से जल निकालना चाहा ताकि संसार को श्राप दे दें। तभी अहल्या ने उन्हें रोका—

**अहल्याः** "पिताजी, क्रोधित मत होइए। आप जानते थे कि इस चुनौती को केवल श्री हरी नारायण ही पूरा कर सकते हैं।"

उसी समय नारद जी वहाँ पहुँचे।

**नारदः** "नारायण, नारायण। पिताजी प्रणाम।"

**ब्रह्माः** "आओ पुत्र। क्या समाचार लाए हो? क्या कोई भी इस चुनौती को पूरा कर पाया?"

**नारदः** "पिताजी, मैंने सबको देखा। बड़े-बड़े ऋषि, मुनि, देवता और इन्द्र भी। लेकिन आपकी दी हुई समय सीमा समाप्त हो चुकी है। कोई भी इस अवधि में लौट नहीं पाया। मुझे नहीं लगता कि कोई यह चुनौती पूरी कर सकता है।"

**ब्रह्माः** "तो अब तुम ही कोई उपाय बताओ। वरना मैं इस सृष्टि को श्राप दे दूँगा।"

**नारदः** "नारायण, नारायण। आप शांत हो जाइए। मैं अभी श्री हरी से इसका उत्तर पूछता हूँ।"

नारद जी वैकुंठ धाम पहुँचे और श्री हरी से गुहार लगाई।

**श्री हरीः** "आओ पुत्र नारद। कहो, कैसे आना हुआ?"

**नारदः** "प्रभु, अहल्या और ब्रह्मा जी की स्थिति आप जानते ही हैं। ब्रह्मा जी संसार को श्राप देना चाहते हैं। यदि ऐसा हुआ तो अनर्थ हो जाएगा।"

**श्री हरीः** "क्या सभी प्रयास कर चुके हैं? कोई शेष है?"

**नारदः** "प्रभु, केवल ऋषि गौतम ही शेष हैं। वे ब्रह्मलोक में ही हैं।"

**श्री हरीः** "तो उनसे कहो कि वे इस यात्रा पर निकलें।"

**नारदः** "प्रभु, वे तो घोर तप में लीन हैं। उन्हें केवल आप ही जगा सकते हैं।"

नारद जी वहाँ से अंतरध्यान हो गए। माता लक्ष्मी ने श्री हरी से कहा—

**लक्ष्मीः** "प्रभु, नारद जी ने सत्य कहा। केवल आप ही गौतम ऋषि को इस कार्य के लिए कह सकते हैं। वरना ब्रह्मा जी संसार को श्राप देंगे।"

श्री हरी मुस्कुराए और तुरंत गौतम ऋषि के समक्ष प्रकट हुए।

**श्री हरीः** "उठो पुत्र गौतम, अब अपनी तपस्या से बाहर आओ।"

गौतम ने प्रभु को नमन किया।

**गौतमः** "प्रभु, आपका दर्शन पाकर मैं धन्य हो गया। कहिए, मैं आपकी क्या सेवा कर सकता हूँ?"

**श्री हरीः** "तुम्हें तुरंत ब्रह्मा जी के पास जाना है। उनकी पुत्री की चुनौती कोई पूरी नहीं कर पाया है। ब्रह्मा जी क्रोधित होकर संसार को श्राप देने वाले हैं।"

**गौतमः** "जैसी आपकी आज्ञा प्रभु।"

गौतम ऋषि तुरंत ब्रह्मा जी के पास पहुँचे। उन्होंने देखा कि ब्रह्मा जी जल लेकर संसार को श्राप देने ही वाले थे। गौतम ने कहा—

**गौतमः** "त्राहिमाम ब्रह्मदेव। कृपया शांत हो जाइए। अभी भी प्रतियोगिता समाप्त नहीं हुई है। एक ऋषि शेष है। कृपया अपना क्रोध शांत कर लीजिए।"

**ब्रह्माः** "कौन हो तुम, जिसने हमें रोका है? हम तुम्हें भी भस्म कर देंगे।"

तभी नारद जी वहाँ पहुँचे और बोले—

**नारदः** "नारायण, नारायण। शांत हो जाइए पिता श्री। जिस ऋषि पर आप क्रोधित हो रहे हैं, वे विष्णु भक्त हैं। वे सबका मान रखने के लिए यात्रा पर नहीं गए और प्रतीक्षा कर रहे थे।"

ब्रह्मा जी का क्रोध शांत हुआ। उन्होंने कहा—

**ब्रह्माः** "पुत्र, वह बलशाली विष्णु भक्त कौन है? उसे हमारे सामने लाओ। हम उसे

भी अवसर देंगे।"

**!!अध्याय समाप्त!!**

# 6

# अहल्या स्वयंवर, नारद का श्राप और श्री हरी की लीला

**नारद:** "नारायण, नारायण। पिता श्री, देखिए, यही महाऋषि गौतम आपके समक्ष खड़े हैं। यही आपसे निवेदन कर रहे थे।"

नारद जी की बात सुनकर ब्रह्मा जी प्रसन्न हुए और बोले—

**ब्रह्मा:** "ठीक है पुत्र नारद। महाऋषि गौतम, हम आपको भी एक अवसर प्रदान करते हैं। जाइए और हमारी पुत्री द्वारा निर्धारित कार्य को पूर्ण कीजिए।"

**गौतम:** "प्रणाम ब्रह्म देव। मुझे यह अवसर देने के लिए मैं आपका आभारी हूँ। लेकिन जाने से पहले मैं उस देवी के दर्शन करना चाहता हूँ, जो स्वयं श्री हरी नारायण के मोहिनी रूप के समान हैं। जिनके मुखमंडल के तेज से देवराज इन्द्र भी मोहित हो गए। यदि आपकी आज्ञा हो?"

**ब्रह्मा:** "अवश्य पुत्र। आप हमारी पुत्री अहल्या से मिल सकते हैं और उनसे वार्तालाप भी कर सकते हैं।"

**गौतम:** "जैसी आपकी आज्ञा पितामह।"

इतना कहकर महाऋषि गौतम अहल्या से मिलने चले गए। उनके मुखमंडल पर एक अद्भुत तेज था, जिससे वे स्वयं भी अनभिज्ञ थे। जब वे देवी अहल्या के समक्ष पहुँचे तो उन्होंने बड़े ही शिष्टाचार से प्रणाम किया और बोले—

**गौतम:** "देवी, ऋषि गौतम का प्रणाम स्वीकार कीजिए।"

अहल्याः "प्रणाम ऋषिवर। श्री हरी आपको इस चुनौती को पूर्ण करने का साहस और सामर्थ प्रदान करें।"

देवी अहल्या के मुख से ऐसे वचन सुनकर गौतम अति प्रसन्न हुए और परिक्रमा के लिए प्रस्थान कर गए। वे सोचने लगे कि ऐसी कामना तो किसी ने उनके लिए कभी नहीं की। क्यों न त्रिलोकीनाथ की ही परिक्रमा कर ली जाए।

मन ही मन श्री हरी विष्णु का ध्यान करते हुए वे तीनों लोकों की परिक्रमा के लिए निकल पड़े। श्री हरी के आशीर्वाद से उन्होंने तीन दिनों में ही अपनी यात्रा पूर्ण कर ली। अंत में श्री हरी विष्णु नारायण के चरण स्पर्श करके वे सीधे ब्रह्मलोक पहुँचे। उनके पहुँचते ही चारों ओर खुशी की लहर दौड़ गई।

वरमाला के लिए समय निश्चित किया गया और सभी देवता, ऋषि तथा देवराज इन्द्र को भी सभा में आमंत्रित किया गया। इन्द्र के मन में भी यही जिज्ञासा थी कि कौन ऐसा महारथी है जिसने असंभव कार्य कर दिखाया।

फिर वह क्षण आया जब मानसी अर्थात अहल्या ने महाऋषि गौतम के गले में वरमाला डाल दी। उसने सभी के समक्ष उन्हें अपना पति स्वीकार किया और उनके चरण स्पर्श कर आशीर्वाद प्राप्त किया। सभी ने नवविवाहित जोड़े को आशीर्वाद दिया। अहल्या अपने पिता ब्रह्मा जी के घर से विदा होकर गौतम के आश्रम में आ गई।

यहाँ तक कथा सुनाने के बाद इन्द्र रुके और कुछ देर बाद ऋषि गौतम से बोले—

इन्द्रः "हे ऋषिवर, उस दिन के बाद मैं सबकुछ भूल गया था। लेकिन एक दिन मैंने अपनी सभा में सूर्य, सुदर्शन और चंद्रमा से फिर यही प्रश्न किया कि इस संसार में सबसे सुंदर नारी कौन है। मैं उसके दर्शन करना चाहता हूँ।

सूर्य देव ने कहा—'मेरा तेज इतना अधिक है कि कोई मेरी ओर देख ही नहीं पाता। मैं तो अपनी गति से चलते हुए अपना कार्य करता रहता हूँ। हाँ, चंद्रमा की ओर तो सभी स्त्रियाँ देखती हैं और बड़े भाव से निहारती हैं। वही जानते होंगे कि कौन सी नारी कितनी सुंदर है।'

तब मैंने यही प्रश्न चंद्रमा से किया। उस समय तक मैंने अहल्या के बारे में सोचा भी नहीं था। लेकिन जब चंद्रमा ने मुझे अहल्या के दर्शन कराए तो मेरी सारी स्मृतियाँ ताज़ा हो गईं। मेरे मन में अहल्या के प्रति छिपा हुआ प्रेम फिर जाग उठा और मुझे उसे निकट से देखने की इच्छा हुई।

मैं केवल उसके दर्शन पाने के लिए आपका रूप धरकर उसके समक्ष गया था। लेकिन जब मैं उसके समीप पहुँचा तो मेरे मन की इच्छा बदल गई और मैंने उसे

निर्वस्त्र देखने की इच्छा प्रकट कर दी। जैसे ही वह निर्वस्त्र हुई, मैं उसे देख ही नहीं पाया। उसके पतिव्रत के तेज ने उसे ढक लिया। उसी क्षण मेरी इच्छा समाप्त हो गई और मेरा चित्त शांत हो गया।

आशा है कि ब्रह्मा जी ने भी मुझे क्षमा कर दिया होगा। अब मैं आपसे भी क्षमा याचना करता हूँ।"

इन्द्र की पूरी कथा सुनने के बाद ऋषि गौतम ने ध्यान लगाया और सत्य को जाना। उन्हें ज्ञात हुआ कि इन्द्र सच कह रहा है। उसने केवल दूर से अहल्या को निहारा था, कभी उसे छुआ नहीं था। यदि ऐसा होता तो किसी रूप में संतान का प्रमाण अवश्य मिलता।

**गौतमः** "सुनो इन्द्र, मेरा दिया हुआ श्राप मिथ्या नहीं हो सकता। मैं उसे वापस नहीं ले सकता। लेकिन सत्य जानने के उपरांत उसमें परिवर्तन अवश्य कर सकता हूँ। अब तुम्हारी दृष्टि जहाँ भी पड़ेगी, वहाँ स्थान अथवा प्राणी को आशीर्वाद ही प्राप्त होगा।"

इसके बाद उनका ध्यान अपनी पत्नी और पुत्री पर गया। उन्होंने अहल्या से कहा—

**गौतमः** "सुनो अहल्या, जब श्री हरी नारायण राम के रूप में त्रेता युग में अवतार लेंगे, तब तुम्हारा उद्धार उनके चरणों के स्पर्श से होगा। तभी तुम शिला रूप से मुक्त होगी। और हमारी पुत्री के गर्भ से जो जन्म लेगा, वह अत्यंत बलशाली और राम भक्त होगा।"

अहल्या यह सुनकर रोने लगी और बोली—

**अहल्याः** "स्वामी, इतनी लंबी जुदाई मैं कैसे सहन करूँगी? अभी तो सतयुग चल रहा है। इसके बाद द्वापर आएगा, फिर त्रेता। इतने में तो युग बदल जाएंगे। मैं जानती हूँ कि आपका श्राप समाप्त नहीं हो सकता। लेकिन कृपा कर इसकी अवधि कुछ कम कर दीजिए। अब तो आप जान चुके हैं कि मैं और मेरी पुत्री दोनों निर्दोष हैं।"

**गौतमः** "ठीक है देवी। मुझे कुछ सोचने का समय दीजिए। मैं ध्यान योग में जाकर इसका उपाय ढूँढता हूँ।"

गौतम ध्यान में लीन हो गए। कुछ समय बाद श्री हरी नारायण उनके समक्ष प्रकट हुए और बोले—

**श्री हरीः** "उठो गौतम। कहो, इतने घोर तप का प्रयोजन क्या है? क्या कोई विपदा आ पड़ी है?"

**गौतमः** "प्रभु, मुझ पर और मेरे परिवार पर घोर विपदा आई है। अब आप ही उसका

निवारण कर सकते हैं।"

गौतम ने प्रभु को पूरी कथा सुनाई। उनकी व्यथा सुनकर श्री हरी बोले—

**श्री हरी:** "गौतम, जो कुछ तुम्हारे साथ हुआ उसमें तुम्हारा कोई दोष नहीं है। वो तो मेरी ही रची हुई माया थी।"

**गौतम:** "वो कैसे प्रभु?"

**श्री हरी:** "तुम ध्यान योग में जाओ और मेरी इस लीला को देखो। तभी तुम समझोगे।"

यहाँ से श्री हरी ने नारद की कथा सुनानी आरंभ की—

उन्होंने बताया कि नारद जी, जो ब्रह्मा जी के छठे पुत्र हैं, सदैव उनके गुणगान करते रहते हैं। लेकिन धीरे-धीरे उनमें अभिमान उत्पन्न हो गया। वे स्वयं को सबसे बड़ा संन्यासी समझने लगे। उनकी परीक्षा लेने के लिए श्री हरी ने एक राजमहल और राज्य की स्थापना की। उस राजा की कन्या का नाम था **विश्वमोहिनी**।

राजा ने उसका स्वयंवर रचाया और सभी को आमंत्रित किया। उसी मार्ग से नारद जी भी गुजर रहे थे। उन्होंने देखा कि नगरी में बहुत हलचल है। वे दरबार पहुँचे और द्वारपाल से पूछा—

**नारद:** "नारायण, नारायण। हे मानव, यहाँ इतनी हलचल क्यों है?"

**द्वारपाल:** "महाराज, आज राजा ने अपनी पुत्री विश्वमोहिनी का स्वयंवर रचाया है।"

नारद जी यह सुनकर प्रसन्न हुए और अंदर चले गए। राजा और रानी ने उनका आदर किया और उन्हें उत्तम आसन पर बैठाया। विश्वमोहिनी ने आकर उनके चरण स्पर्श किए और आशीर्वाद प्राप्त किया।

राजा ने कहा—

**राजा:** "मुनिवर, आज केवल आशीर्वाद से काम नहीं चलेगा। आपको तो हमारी पुत्री का हाथ देखना होगा और आपको उसका भविष्य भी बताना होगा। हम आशा करते हैं कि आप हमारे अनुरोध को नहीं ठुकराएंगे। इसका स्वयंवर आज से ठीक दो दिन के बाद है। वो महा बलशाली कौन होगा, जिसके गले में ये वरमाला डालेगी। हमको तो ये आशा है कि सबसे सुंदर और बलशाली ही हमारी पुत्री का वर होगा। आगे आप सब जानते हैं महाऋषि।

**नारद:** नारायण, नारायण। राजन, आपकी पुत्री तो साक्षात लक्ष्मी है। इसके हाथ में तो धन ही धन है।

इतना कह कर नारायण, नारायण कहते हुए नारद प्रस्थान कर गए। जैसे ही वो वहाँ से निकले तो उनके मन में ये विचार आने लगे कि ये तो बहुत ही सुंदर कन्या है और इसका तो भाग्य भी बहुत उज्वल है। क्यूँ ना मेरा ही विवाह इससे हो जाए। लेकिन वो जानते थे कि उनको उनके इस रुप में तो कोई भी पसंद नहीं करेगा। अतः वो इस बात का हल निकालने के लिए हमारे पास आए और बोले।

**नारदः** नारायण, नारायण। प्रभु प्रणाम।

**श्री हरीः** आइए नारद।

इतना कह कर हम उनको देखकर मुस्कुराने लगे।

**नारदः** प्रभु, मैं तो सदेव से ही आपका सेवक रहा हूँ। आज आप मुझे देखकर यूं मुस्कुरा क्यूँ रहे हैं।

**श्री हरीः** नारद, आप अपने आने का प्रयोजन तो बताइए। वैसे हम जानते हैं कि आज आप हमारे पास कुछ मांगने के इरादे से आए हैं। कहिए, हम आपको क्या दें?

**नारदः** "नारायण, नारायण। प्रभु, आप तो अंतर्यामी हैं। आपने सत्य कहा। प्रभु, आपसे बलशाली इस संसार में कोई नहीं है। आज मैं आपसे आपका सबसे शक्तिशाली रूप माँगने आया हूँ।"

**श्री हरीः** "बस इतनी सी बात? तथास्तु।"

नारद जी स्वयं के लिए बलशाली रूप पाकर अति प्रसन्न हुए और वहाँ से "नारायण, नारायण" कहते हुए प्रस्थान कर गए। वे सीधे स्वयंवर में पहुँचे। यह सब लीला भोलेनाथ भी देख रहे थे। उन्होंने हमारी लीला को समझकर अपने दो सबसे शक्तिशाली रुद्रों को वहाँ भेजा ताकि वे इस लीला का साक्षात्कार कर सकें।

स्वयंवर में एक से बढ़कर एक बलशाली वीर पहुँच रहे थे। वहीं श्री हरी का रूप धरकर नारद जी भी पहुँच चुके थे। उधर विश्वमोहिनी रूप में लक्ष्मी जी अपने दोनों हाथों में वरमाला लिए कनखियों से अपने वर को देख रही थीं। नारद जी बार-बार उनके आगे-पीछे घूमने लगे, ताकि वरमाला उनके गले में पड़ जाए। लेकिन लक्ष्मी जी बार-बार उनसे मुख फेर लेतीं। इससे नारद जी का स्त्री-मोह और भी प्रबल हो गया।

तभी हमने अपनी माया का अंत करने का समय समझा और स्वयंवर में प्रकट हो गए। जैसे ही लक्ष्मी जी ने हमें देखा, उन्होंने तुरंत ही वरमाला हमारे गले में डाल दी। सभा में उपस्थित सभी ने तालियाँ बजाकर विश्वमोहिनी के निर्णय का स्वागत किया।

यह देखकर नारद जी अत्यंत उदास होकर सभा से बाहर जाने लगे। द्वार पर भोलेनाथ के दोनों रुद्र खड़े थे। उन्होंने नारद जी का मुख देखा और जोर-जोर से

हँसने लगे।

**रुद्रः** "तो महाबली, आप भी इस स्वयंवर में इस आशा से आए थे कि वरमाला आपके गले में पड़ेगी? आने से पहले एक बार अपने मुख की ओर देख लेते।"

उनकी बात सुनकर नारद जी और भी उदास हो गए और एक गहरी झील के पास पहुँच गए। चारों ओर पहाड़ थे और बीच में निर्मल जल की झील। नारद जी ने सोचा—"क्यों न इस जल में अपना चेहरा देख लिया जाए।"

जैसे ही उन्होंने अपना चेहरा देखा, वे अत्यंत दुखी हुए। हमने उन्हें अपना रूप न देकर वानर का रूप दे दिया था। अब उन्हें समझ आया कि रुद्र उनका उपहास क्यों कर रहे थे।

रुद्र महादेव के पास लौटे और सब विवरण सुनाया। महादेव ने कहा—

**महादेवः** "जिसे तुमने वानर समझकर उपहास किया, वह स्वयं महाऋषि नारद हैं। तुरंत जाकर उनसे क्षमा माँगो। यदि उन्होंने श्राप दे दिया तो मैं भी उसे बदल नहीं सकता।"

दोनों रुद्र तुरंत नारद जी के पास पहुँचे और नमन किया। लेकिन नारद जी क्रोध में थे। वे सोच रहे थे कि हमने उनके साथ छल क्यों किया। वे झील में जल समाधि लेने ही वाले थे कि हमने उन्हें पीछे से पकड़ लिया।

**रुद्रः** "हे महामुनि, हमने भूल की। हमने आपके वानर मुख को देखकर उपहास किया। हम नहीं जानते थे कि आप स्वयं महाऋषि नारद हैं। कृपा कर हमें क्षमा करें।"

**नारदः** "अच्छा, तो महादेव ने भी मेरे साथ उपहास किया है। जाओ, मैं तुम्हें श्राप देता हूँ कि अगले जन्म में तुम दोनों राक्षस योनि को प्राप्त करोगे। और हे नारायण, जिस स्त्री-वियोग में मैं आज तड़प रहा हूँ, आप भी उसी युग में अपनी पत्नी से अलग होकर वन-वन भटकेंगे। तब आपको ज्ञात होगा कि स्त्री-वियोग में प्राणी की क्या व्यथा होती है।"

**श्री हरीः** "हे नारद, आप मेरे भक्त हैं। फिर भी आपने बिना सोचे-समझे सबको श्राप दे डाला। अपराध बताना तो चाहिए था।"

**नारदः** "प्रभु, मैं आपका भक्त हूँ, लेकिन इसका अर्थ यह नहीं कि भक्त सदैव दुख ही भोगे।"

**श्री हरीः** "आपका श्राप मिथ्या नहीं हो सकता। लेकिन अपराध बताइए।"

**नारदः** "प्रभु, मैं विश्वमोहिनी से विवाह करना चाहता था। मैंने आपसे आपका सबसे शक्तिशाली रूप माँगा था। लेकिन आप स्वयं आ गए और वरमाला अपने गले में डलवा ली। यह भक्त के साथ छल नहीं था?"

**श्री हरीः** "नहीं नारद। हमने तुम्हें पाप का भागीदार होने से बचाया। विश्वमोहिनी कोई और नहीं, लक्ष्मी जी ही थीं। और जो रूप हमने तुम्हें दिया, वह वानर रूप ही हमारा सबसे शक्तिशाली रूप है।"

नारद जी ने दिव्य दृष्टि से देखा और पाया कि लक्ष्मी जी ही विश्वमोहिनी थीं। फिर उन्होंने श्री हरी का विराट रूप देखा जिसमें बजरंगबली का रूप सबसे शक्तिशाली था। उनकी आँखों में करुणा जागी।

**नारदः** "प्रभु, मुझे क्षमा करें। मुझसे अनजाने में बड़ी भूल हो गई।"

**श्री हरीः** "अब तुम्हारा श्राप टाला नहीं जा सकता। हमें और दोनों रुद्रों को उसे सहना ही होगा। लेकिन तुम्हारे श्राप से भी कल्याण होगा। त्रेता युग में हम राम के रूप में जन्म लेंगे। दोनों रुद्र राक्षस रूप में जन्म लेंगे और उनका अंत हमारे हाथों से होगा। तुम्हारी पत्नी अहल्या का उद्धार भी हमारे राम रूप में ही होगा। और तुम्हारी पुत्री से बलशाली बजरंगबली का जन्म होगा।"

फिर श्री हरी ने गौतम से कहा—

**श्री हरीः** "ऋषि गौतम, तुम्हारा श्राप भी मिथ्या नहीं होगा। लेकिन उसकी अवधि कम करने का उपाय है। तुम युगों को पलट दो। तुम्हें ब्रह्मा जी का वर भी प्राप्त है और तुम उनके जमाता भी हो। तुम्हारे वचन मिथ्या नहीं जा सकते। यही मार्ग है।"

**गौतमः** मुझ पर कृपा कीजिए प्रभु और वो मार्ग बताइए। हे प्रभु, इस सृष्टि के पालक तो आप हैं। फिर मैं भला ये दुसहास कैसे कर सकता हूँ? आप ही मुझे कोई मार्ग दिखाइए।

**श्री हरीः** हे मुनिश्रेष्ठ, आप ये भूल रहे हैं कि अब आप ब्रह्मा जी के जमाता हैं। वो आपकी बात को कभी नहीं टालेंगे। इसके साथ साथ आपको हमसे वरदान भी प्राप्त है कि आप सदा हमारे सहायक बने रहेंगे, फिर वो चाहे प्रलएकाल ही क्यूँ ना हो।

**गौतमः** आप सही कह रहे हैं प्रभु। ये सब तो मुझे प्राप्त है। लेकिन इसका मतलब ये तो नहीं कि मैं अपनी पत्नी और पुत्री के लिए इस सृष्टि के कार्य में हस्तक्षेप करूँ। वो तो अनुचित्त होगा ना प्रभु?

**श्री हरीः** हम मानते हैं कि ये स्थिति आपके गलत श्राप की वजह से उतपन हुई है। लेकिन अब आपको अपने उसी श्राप को थोड़ा ठीक करने का अवसर हम प्रदान कर रहे हैं। आप निश्चिंत रहिए। यदि आप ये कार्य करेंगे, तो उसमें हमारा ही स्वार्थ निहित है। आपका नहीं?

**गौतमः** प्रभु, स्वार्थ और वो भी आपका? वो कैसे प्रभु?

**श्री हरीः** यह सब महाऋषि नारद द्वारा दिए गए श्राप के कारण है। उन्होंने हमारे साथ साथ महादेव के दो रुद्रों को भी श्राप दे दिया है। उनके श्राप के अनुसार हमको त्रेता युग में श्री राम के रुप में आना पड़ेगा और हमारा हमारी पत्नी से वियोग हो जाएगा। उसी युग में महादेव के दोनों रुद्रों का अंत भी हमारे हाथों से ही होगा। आपके श्राप के अनुसार भी आपकी पत्नी का उद्धार हमारे श्री राम रुप में ही होना संभव है। उसी युग में तुम्हारी पुत्री के कानों से ही बलधारी बजरंगबली का जन्म भी होगा। जो हमारे भक्त बनेंगे।

उस युग में दोनों रुद्रों के कारण धर्म की अति हानी होगी। योगियों का जीना मुश्किल हो जाएगा, वही उनके अंत का प्रयोजन बनेगा। उनका अंत जितनी जल्दी होगा, उतना ही अच्छा होगा, वरना इस धरती पर पाप इतना बढ़ जाएग कि सभाले नहीं संभलेगा और हमारी इस सृष्टि का विनाश समय से पहले ही हो जाएगा। आप यह समझिए कि अभी तो सतयुग चल रहा है। इसको भी अभी समाप्त होने में बहुत समय शेष है। इसके बाद द्वापर युग आएगा और उसे समाप्त होने से पहले चारों ओर अधर्म फिर से फैलेगा। भाई भाई का दुश्मन हो जाएगा और उसे समाप्त होते होते कई लाखों वर्ष लग जाएंगे। तब जाकर त्रेता युग आएग। लेकिन द्वापर युग में भी इतने अधिक अधर्म होने के कारण में उस युग में कृष्ण रुप में आऊँगा और अधर्म का नाश करूँगा। स्त्री के सम्मान की रक्षा भी करूँगा। अब आप ही इस बात का विचार कीजिए कि यदि ऐसा हुआ तो समय से पहले ही सृष्टि का विनाश होगा, तो उन पुण्य आत्माओं का क्या होगा। जो अभी भी मुक्ति पाने के लिए इस संसार में भटक रही हैं? हालांकि हर युग में मैं ही जन्म लेता हूँ। सूर्य भी नारायण है और सुदर्शन भी मेरा ही नाम है। मुझे तो हर युग में आ कर सृष्टि को चलाना ही पड़ता है। मैं तो हर युग में अलग अलग नामों के साथ अवतरित होता हूँ और यही संदेश देता हूँ कि जो मुझसे प्रेम करेगा, वो मोक्ष को प्राप्त हो जाएगा। उसके बाद मैं प्राणी को ये अवसर देता हूँ कि यदि वो चाहे तो उसे मुक्ति भी प्राप्त हो सकती है। इस संसार को ज्ञान देने के लिए मैं भी हर जन्म में अपना शरीर त्याग कर अपने धाम वापिस लौट जाता हूँ। ताकि संसार के हर प्राणी को ये ज्ञान मिले कि इस संसार में आने वाली हर वस्तु नाशवान होती है और उसका अंत होना ही होना है। जब मैं ईश्वर होते हुए भी अपना शरीर छोड़ सकता हूँ, तो फिर प्राणी क्या चीज है? इसी बात को समझते हुए प्राणी को अपने जीवन काल में ही ये प्रयास करने चाहिए कि वो अपने कर्मों को अच्छा रखे, ईश्वर का नाम जप करे। ताकि अंत समय आने से पहले ही वो संसार की हर वस्तु के प्रति अपना मोह त्याग कर मोक्ष को प्राप्त कर ले, ताकि उसके लिए मुक्ति का मार्ग सहज ही खुल जाए।

हे मुनिश्रेष्ठ, जब द्वापर युग आएगा, तब मैं वो ज्ञान इस संसार को दूंगा, जो सतयुग से भी पहले सूर्य ने अपने पुत्र मनु को दिया था। वो ज्ञान है श्रीमद भगवत गीता का ज्ञान। उसी के आधार पर ये सृष्टि चलती है। इस संसार में श्रीमद भगवत गीता के ऊपर कोई और ज्ञान नहीं है और ना ही हो सकता है। प्राणी चाहे किसी भी समुदाय का क्यूँ ना हो। हर एक प्राणी का जीवन उसी के आधार पर ही चलता है। यदि द्वापर युग पहले आएगा, तो त्रेता युग के प्राणी उससे वंचित रह जाएंगे। यदि ऐसा हुआ तो हम कभी भी नारद के श्राप से मुक्त नहीं हो पाएंगे।

**गौतम:** प्रभु, मैं आपकी बात समझ गया।

ऐसा कहते ही श्री हरी वहाँ से अंतरध्यान हो गए और ऋषि गौतम की तपस्या भंग हुई। जब उन्होंने अपनी आँखें खोली तो देखा कि उनकी पत्नी और पुत्री उनके समक्ष दोनों हाथ जोड़े हुए बैठी हुई थी और उनको निहार रही थी। तभी गौतम ने अपनी पत्नी की ओर देखा और बोले।

**!!अध्याय समाप्त!!**

# 7

# युग परिवर्तन, मोहन की खोज और बाबा फरीद की कथा

**गौतम:** "क्या तुम दोनों मेरी प्रतीक्षा कर रही थीं?"

**अहल्या:** "जी स्वामी। आपने ही तो कहा था कि ठहरो, मैं तुम्हारे श्राप को कम करने का उपाय सोचूँगा। यह कहकर आप तप में लीन हो गए थे।"

**गौतम:** "तो क्या तुम दोनों तब से भूखी-प्यासी यहीं बैठी थीं?"

**अहल्या:** "जी स्वामी। हम तो बस इसी आशा में बैठी थीं कि आप हमारे श्राप को कैसे कम करेंगे।"

गौतम ने गंभीर स्वर में कहा—

**गौतम:** "देवी, तुम और अंजना मुझे क्षमा कर दो। मैंने बिना सोचे-समझे ही तुम दोनों को श्राप दे दिया। श्री हरी ने मुझे ज्ञान दिया है कि यह सब उनकी रची हुई माया थी। तुम दोनों का इसमें कोई दोष नहीं था।"

**अहल्या:** "हे प्रभु, आपकी लीला अपरंपार है। अब हमें इस श्राप से कोई भय नहीं है।"

गौतम ने आगे कहा—

**गौतम:** "देवी, प्रभु ने मुझे इस श्राप को कम करने की आज्ञा दी है। उन्होंने बताया है कि वे त्रेता युग में श्री राम के रूप में अवतरित होंगे और तुम्हारा उद्धार करेंगे। हमारी पुत्री के कानों से महाशक्तिशाली बजरंगबली का जन्म होगा, जो

त्रेता युग में श्री राम की सहायता करेगा। यद्यपि सतयुग के बाद द्वापर युग आना था और उसके पश्चात त्रेता, किंतु प्रभु ने मुझे युगों को पलटने की अनुमति दी है।

हे पुत्री, तुम मेरा कमंडल ले आओ। उसमें तपोबल से सिद्ध किया हुआ जल है।"

**अंजना:** "जी पिता जी, मैं अभी लेकर आती हूँ।"

अंजना ने जल लाकर गौतम के हाथ में दिया। गौतम ने जल लेकर चारों दिशाओं में छिड़काव किया और मंत्रोच्चार करने लगे। फिर उन्होंने ईश्वर को साक्षी मानकर प्रकृति से कहा—

**गौतम:** "अब सतयुग के पश्चात त्रेता युग आएगा, उसके बाद द्वापर और फिर कलयुग।"

यह सुनते ही अहल्या ने अपने पति के चरण स्पर्श किए और नदी के किनारे बैठकर शिला बन गई। अंजना वहाँ से अंतरध्यान होकर अंजनेरी पर्वत पर तपस्या करने चली गई। आज के कलयुग में उसी स्थान पर उनके नाम का मंदिर है और वहीं हनुमान जी का जन्म हुआ था। यह कथा युग पलटने की थी—द्वापर से पहले त्रेता युग आने की।

गुरुजी ने जैसे ही कथा समाप्त की, मोहन ने उनके चरण छुए और कहा—

**मोहन:** "गुरुदेव, आपकी सुनाई हुई कथा अद्भुत थी। इसका अर्थ यह हुआ कि यदि मैं भी जप और तप करूँ, तो क्या मैं भी ऋषि गौतम जितना शक्तिशाली बन सकता हूँ? क्या मैं भी उन्हीं की तरह ज्ञान और शक्तियाँ अर्जित कर सकता हूँ?"

**गुरुदेव:** "पुत्र मोहन, तुम अभी नवयुवक हो। यदि चाहो तो ऐसे ही बन सकते हो।"

मोहन प्रसन्न होकर बोला—

**मोहन:** "तो फिर शास्त्री जी, मेरी कुंडली देखकर बताइए कि मेरे भाग्य में क्या लिखा है। कृपा कर मेरा मार्गदर्शन कीजिए।"

गुरुदेव ने ध्यानपूर्वक मोहन की कुंडली देखी और बोले—

**गुरुदेव:** "पुत्र, तुम्हारी कुंडली में संन्यासी बनना लिखा है।"

**मोहन:** "शास्त्री जी, कृपया मुझे विस्तार से बताइए। हर सुबह उठने से पहले मुझे ऐसा लगता है कि कोई मुझे बुला रहा है—'पुत्र मोहन, चले आओ।' लेकिन मुझे जाना कहाँ है, यह मार्गदर्शन तो आप ही दे सकते हैं।"

**गुरुदेव:** "अच्छी बात है, सुनो। यह तुम्हारा तीसरा जन्म है। इससे पहले तुम एक प्रामाणिक गुरु की शरण में थे। वे आज कहाँ हैं, यह हम नहीं बता सकते। लेकिन इतना निश्चित है कि वे तुम्हें बुला रहे हैं।" **मोहन:** "गुरुजी, आप सदैव

कुंडली का सही आकलन करते हैं। इसलिए मैं आपसे मार्गदर्शन की अपेक्षा रखता हूँ।"

**गुरुदेव:** "पुत्र, तुम्हारे गुरु अत्यंत शक्तिशाली थे। उनके भीतर ऋषि गौतम जैसी शक्ति थी। उन्हें ढूँढना आसान नहीं है। लेकिन यदि तुम मोह-माया छोड़कर उनसे प्रेम करोगे, तो हरी की कृपा अवश्य होगी। तुम्हें केवल त्याग और तलाश रखनी है—त्याग इस संसार का और तलाश हरी की। गुरु के माध्यम से अमृत का रसपान करना ही तुम्हारे जीवन का उद्देश्य होना चाहिए।

याद रखो, प्राणी को मृत्यु के बाद कुछ नहीं मिलता। इसलिए जीते जी ही मोह का त्याग कर मोक्ष प्राप्त करना होगा। सोच-समझकर अगला कदम उठाना।"

**मोहन:** "धन्यवाद गुरुजी। मैं आपकी बात समझ गया।"

**गुरुदेव:** "अच्छा है पुत्र। अब जाओ, तुम्हारे घर वाले तुम्हारी राह देख रहे होंगे। माता-पिता की अनुमति के बिना कोई कदम नहीं उठाना चाहिए। याद रखो, कुछ पाने के लिए कुछ खोना पड़ता है। धैर्य ही सबसे बड़ी सफलता की सीढ़ी है।"

**मोहन:** "जी गुरुजी, मैं आपकी बात सदा याद रखूँगा।"

इतना कहकर मोहन अपने घर पहुँचा। उसकी माता ने पूछा—

**मोहन की माँ:** "बेटा, तू संतों के डेरे पर गया था और फिर शास्त्री जी के पास। इतनी देर कैसे हो गई? सब ठीक तो है?"

**मोहन:** "जी माता जी, सब ठीक है। दरअसल मैं संतों का सत्संग सुनने बैठ गया था। मैंने सोचा कि इससे अच्छा अवसर कहाँ मिलेगा।"

**माँ:** "अच्छा किया बेटा। अब बता, शास्त्री जी ने तेरी कुंडली देखकर क्या कहा?"

**मोहन:** "माँ, उन्होंने कहा कि यह मेरा तीसरा जन्म है। पिछले जन्म में मैं किसी पहुँचे हुए गुरु का शिष्य था। वे आज भी मेरा इंतजार कर रहे हैं। यही कारण है कि मुझे हर सुबह वह आवाज़ सुनाई देती है। माँ, मैं अपने गुरु की तलाश में अवश्य जाऊँगा।"

**माँ:** "देखो बेटा, शास्त्री जी की बात गलत नहीं होगी। लेकिन इस काम में जल्दी मत करो। पहले थोड़ा और ज्ञान प्राप्त कर लो।"

**मोहन:** "माँ, कब तक इंतजार करूँ? फिर तो मेरी शादी हो जाएगी।"

**माँ:** "बेटा, शादी तो सबको करनी पड़ती है। वंश आगे बढ़ाने के लिए यह आवश्यक है। खैर, अभी इसे भूल जा। जा, मुँह-हाथ धो ले और कुछ खा-पी ले। फिर इस विषय में सोच लेना।"

माँ के अंदर जाते ही मोहन सोचने लगा—"माँ कह रही है कि पहले ज्ञान प्राप्त करूँ। लेकिन बिना गुरु के ज्ञान कैसे मिलेगा? मुझे सबसे पहले गुरु की तलाश

करनी होगी।"

इसी विचार में डूबा था कि तभी उसके पिता सामने आए। मोहन उन्हें देखकर खड़ा हो गया और बोला—

**मोहन:** "पिताजी, प्रणाम।"

**पिता जी:** "जीते रहो मोहन।"

**मोहन:** "पिताजी, आप तो अक्सर सत्संग में जाते रहते हैं। क्या आप किसी ऐसे गुरु को जानते हैं, जो मेरे प्रश्नों का उत्तर दे सकें?"

**पिता जी:** "कौन सा प्रश्न है तेरे मन में? हो सकता है मैं ही उसका उत्तर दे सकूँ।"

**मोहन:** "तो बताइए, क्या आप श्रीकृष्ण और उनकी लीलाओं के बारे में जानते हैं?"

**पिता जी:** "हाँ, जानता हूँ। मगर तुम पूछना क्या चाहते हो?"

**मोहन:** "सुदामा श्रीकृष्ण के परम मित्र थे और माँ राधा उनसे प्रेम करती थीं। संसार जानता है कि राधे-कृष्ण का प्रेम अद्वितीय है। लेकिन मेरा प्रश्न यह है कि श्रीकृष्ण अपने भक्तों से सदैव दो उँगली का फासला रखते हैं। फिर भी सुदामा ही उनके मित्र क्यों कहलाते हैं? और राधा ही उनके हृदय के सबसे निकट क्यों हैं?"

**पिता जी:** "बेटा, इन प्रश्नों का उत्तर मेरे पास नहीं है। इसका उत्तर तो कोई पहुँचा हुआ गुरु ही दे सकता है।"

**मोहन:** "तो क्या आपकी नज़र में कोई ऐसे गुरु हैं, जो मुझे ज्ञान दे सकें?"

**पिता जी:** "हाँ, हैं। लेकिन उनका स्वभाव कठोर है। पहले तो वे तुझे डाँटकर बाहर निकाल देंगे। यदि ज्ञान पाना चाहता है तो धैर्य रखना होगा।"

**मोहन:** "क्या उनके पास बहुत भीड़ होती है?"

**पिता जी:** "नहीं बेटा। बिल्कुल नहीं। जब तुम उन्हें देखोगे तो तुम्हारा विश्वास डगमगा जाएगा। वे साधारण मनुष्य जैसे ही दिखते हैं।"

**मोहन:** "ठीक है। लेकिन उन्हें ढूँढा कैसे जाए?"

**पिता जी:** "उन्हें ढूँढने की आवश्यकता नहीं है। वे हमारे ही गाँव में रहते हैं। हमारे गाँव के सबसे बड़े खेत के बीच एक झोंपड़ी के बाहर चारपाई पर बैठे मिलेंगे। वो सफेद धोती पहनते हैं, गले में लाल गमछा रखते हैं और चारपाई पर बैठकर हुक्का गुड़गुड़ाते रहते हैं।"

**मोहन:** "ठीक है पिताजी। मैं कल ही उनसे मिलने जाऊँगा। आप दुकान संभाल लेना।"

मोहन के मन में अपने बिछड़े हुए गुरु से मिलने की तीव्र इच्छा जाग चुकी थी। उसने जैसे-तैसे रात काटी और सुबह होते ही पिता जी के बताए मार्ग पर निकल पड़ा। उसके मन में केवल एक ही आकांक्षा थी—गुरुजी के सामने पहुँचते ही अपने

सभी प्रश्न पूछ लूँ।

वह खेतों के बीच पहुँचा। दूर से देखा कि गुरुजी चारपाई पर बैठे हैं। उन्हें देखते ही उसका गला सूख गया। पिता जी की चेतावनी याद आई कि गुरुजी उसे डाँटकर भगा देंगे। फिर भी उसने साहस जुटाया और धीरे-धीरे उनकी ओर बढ़ा।

गुरुजी पहले ही उसकी आस्था को भाँप चुके थे। इससे पहले कि मोहन कुछ कहता, गुरुजी ने स्वयं आवाज़ लगाई—

**गुरुजी:** "ओए पुत्तर, ज़रा इधर आ।"

**मोहन:** "जी गुरुजी, आज्ञा कीजिए।"

**गुरुजी:** "पुत्तर, ज़रा मेरा हुक्का भर दे।"

मोहन ने तुरंत आज्ञा का पालन किया। उसने जलते हुए कोयले हुक्के में डाले और पानी बदल दिया। गुरुजी प्रसन्न हुए और प्रेमपूर्वक हुक्का गुड़गुड़ाने लगे। वे शांत और प्रसन्न दिखाई दे रहे थे।

कुछ देर बाद गुरुजी ने पूछा—

**गुरुजी:** "ओए, तेरा नाम क्या है?"

**मोहन:** "जी, मेरा नाम मोहन है।"

**गुरुजी:** "तू इन खेतों में क्या कर रहा है? हमें पता है, तू हमें ही मिलने आया है। बोल, क्या काम है?"

**मोहन:** "गुरुजी, आप तो अंतर्यामी हैं। आप सब जानते हैं। फिर भी मैं अपने मन का प्रश्न आपसे पूछना चाहता हूँ।"

**गुरुजी:** "अच्छा, पूछ।"

**मोहन:** "गुरुजी, श्रीकृष्ण अपने भक्तों से दो उँगली का फासला रखते हैं। केवल माँ राधा और सुदामा ही उनके हृदय के निकट जा सके। वो कौन सी विद्या थी, जो केवल उनके पास थी? मैं भी उस विद्या को पाना चाहता हूँ और उस फासले को समाप्त करना चाहता हूँ।"

गुरुजी मुस्कुराए और बोले—

**गुरुजी:** "शाबाश बच्चे। इसका अर्थ है कि तू जीवन के भटकाव को समाप्त करना चाहता है। एक बात बता, तूने बाबा फरीद का नाम सुना है?"

**मोहन:** "नहीं गुरुजी, मैंने कभी नहीं सुना। आज पहली बार आपके मुख से सुन रहा हूँ।"

**गुरुजी:** "चल कोई बात नहीं। आज मैं तुझे एक कथा सुनाता हूँ। ध्यान से सुन।"

**मोहन:** "जी गुरुजी।"

गुरुजी: "बाबा फरीद सदैव ईश्वर की भक्ति में डूबे रहते थे। उनका एक ही भाव था—ईश्वर के दर्शन करना। लाख कोशिशों के बावजूद वे ईश्वर से मिल नहीं पाते थे। फिर भी उनकी लगन अटूट थी।

एक दिन उन्होंने सोचा कि गाँव की भीड़-भाड़ में मन भटकता है, इसलिए ईश्वर के दर्शन नहीं हो रहे। क्यों न किसी एकांत स्थान पर चला जाए। यही सोचकर वे जंगल में भटकने लगे। कुछ देर बाद वे एक स्थान पर पहुँचे जहाँ एक ओर खाई थी और दूसरी ओर ऊँचा पहाड़। वह जगह बिल्कुल शांत थी। उनके मन को वह स्थान भा गया।

कुछ दूरी पर गाय-भैंस चर रही थीं। आगे बढ़े तो एक पुराना कुआँ दिखाई दिया। चरवाहे वहीं से पानी पीते थे। बाबा फरीद ने सोचा—'यहाँ कोई नहीं आता, क्यों न इसी कुएँ में समाधि लगाई जाए।'

उन्होंने देखा कि कुएँ पर लोहे की ज़ंजीर से एक बाल्टी बँधी है। उन्होंने उसे अपनी कमर पर बाँध लिया और झूले की तरह उसमें बैठकर ध्यान करने लगे। जब उनकी आवाज़ दीवारों से टकराकर लौटती तो उन्हें अपनी ही ध्वनि सुनकर आनंद आता। धीरे-धीरे वे ध्यानमग्न हो गए।

कई महीने बीत गए। उस जंगल में मंगल सिंह नाम का एक चरवाहा रोज आता था। वह बाबा फरीद को देखता और सोचता कि बाबा जी ध्यानमग्न हैं, उन्हें परेशान करना उचित नहीं।

एक दिन उसके मन में विचार आया कि क्यों न जाकर पूछा जाए कि बाबा जी यूँ कुएँ में लटककर क्या कर रहे हैं। वह आगे बढ़ा ही था कि उसकी गाय-भैंसें चिल्लाने लगीं। उसने सोचा—'शाम हो गई है, मुझे गाँव लौटना है। कल सुबह बाबा जी से पूछूँगा।'

अगले दिन वह जंगल पहुँचा। उसने अपने डंगरों को चरने के लिए छोड़ दिया और सीधा कुएँ पर जाकर जोर-जोर से बाबा फरीद को पुकारने लगा..."

**मंगल सिंह:** "बाबा जी, पैरी पोना। मेरा नाम मंगल सिंह है।"

**बाबा फरीद:** "जीते रहो बेटा। कहो, क्या बात है? तुम्हारा गाँव और तुम्हारे डंगर ठीक हैं?"

**मंगल सिंह:** "हाँ संत जी, सब ठीक है।"

**बाबा फरीद:** "अच्छा, तो बताओ मैं तुम्हारी क्या सेवा कर सकता हूँ?"

**मंगल सिंह:** "बाबा जी, आप बड़े पहुँचे हुए फकीर हैं, उच्च कोटि के संत हैं। मुझे समझ नहीं आता कि आप इस तरह कुएँ में लटककर क्या कर रहे हैं?"

बाबा फरीद ने उसके वचन सुनकर प्रसन्न होकर कहा—

**बाबा फरीदः** "पुत्र, जो बात मैं तुम्हें बताऊँगा, उसे किसी और से कहना मत।"

**मंगल सिंहः** "आप चिंता न करें संत जी, मैं किसी को नहीं बताऊँगा।"

**बाबा फरीदः** "मैं तो रब से मिलने के लिए इस कुएँ में लटका हूँ।"

यह सुनकर वह अनपढ़ चरवाहा सोच में पड़ गया और बोला—

**मंगल सिंहः** "बाबा जी, क्या ऐसा करने से रब मिल जाते हैं?"

**बाबा फरीदः** "हाँ पुत्र, मिल जाते हैं और दर्शन भी देते हैं।"

गुरुजी ने कथा आगे बढ़ाई—

चरवाहा वहाँ से चला गया, लेकिन उसके मन में यही विचार चलता रहा कि यदि ऐसा करने से रब मिल सकते हैं तो यह तो बहुत आसान है। उसने सोचा कि अब वह भी ऐसा ही करेगा। उसने आस-पास कुआँ ढूँढा, लेकिन कोई नहीं मिला। थोड़ी दूर जाकर उसने एक गहरी खाई देखी। उसने सूखी घास से रस्सी बनाई, एक सिरा पेड़ से बाँधा और दूसरा अपनी कमर से।

उसके मन में प्रभु से मिलने का **प्रेम** जागृत हुआ, न कि केवल प्यार। क्योंकि प्यार में स्वार्थ होता है, लेकिन प्रेम में त्याग। यदि उसके मन में केवल प्यार होता तो वह पहले अपने बचाव के बारे में सोचता। लेकिन उसने केवल प्रभु के दर्शन की लगन रखी।

वह रस्सी से लटककर "ॐ नमो नारायण" का जाप करने लगा। उसकी लगन इतनी प्रबल थी कि उसे मृत्यु का भय भी नहीं रहा। रस्सी धूप से सूखने लगी और टूटने लगी। प्रभु यह सब देख रहे थे। जैसे ही रस्सी का अंतिम सिरा टूटा, प्रभु तुरंत वहाँ प्रकट हुए और उसे अपनी गोद में उठा लिया।

**नारायणः** "बोलो मेरे पुत्र, तुम्हें क्या चाहिए? मैं ही श्री हरी नारायण हूँ।"

**मंगल सिंहः** "प्रभु प्रणाम। मुझे कुछ नहीं चाहिए। मुझे तो केवल आपके दर्शन करने थे।"

प्रभु ने उसे दर्शन दिए, उसके सिर पर हाथ रखा और अंतरध्यान हो गए। मंगल सिंह सोचने लगा—"प्रभु तो अत्यंत दयालु हैं। उन्होंने मुझे इतनी जल्दी दर्शन दिए। यदि मुझे मिले तो बाबा फरीद को तो प्रतिदिन दर्शन मिलते होंगे।"

वह बाबा फरीद के पास गया और बोला—

**मंगल सिंहः** "बाबा जी, पैरी पोना। आप कितने दिनों से यहाँ लटके हुए हैं? मैंने सोचा कि आपको खाने-पीने का सामान चाहिए होगा।"

**बाबा फरीदः** "नहीं पुत्र, मेरे पास सब इंतज़ाम हैं।"

**मंगल सिंहः** "मैं आपका धन्यवाद करने आया हूँ। आपने मुझे सही मार्ग दिखाया।

मैंने घास की रस्सी बनाई और खाई में लटक गया। कुछ ही घंटों में प्रभु ने मुझे दर्शन दिए और अपने हाथों में उठा लिया। मैंने उनसे बात भी की। मेरा मन प्रसन्न हो गया। मैंने सोचा कि आपने तो मुझे सरल मार्ग बता दिया। आप तो महीनों से यहाँ लटके हैं, तो आप तो प्रभु से कई बार मिल चुके होंगे।"

चरवाहे की बात सुनकर बाबा फरीद रोने लगे। वे सोचने लगे कि फिर से दो उँगली का फासला पार नहीं हुआ। "क्या भूल हो गई कि एक अनपढ़ चरवाहे को प्रभु ने तुरंत दर्शन दिए और मुझे महीनों से नहीं?"

तभी आकाशवाणी हुई—

**आकाशवाणी:** "बाबा फरीद, तुमने सब इंतज़ाम कर रखे थे। लोहे की जंजीर से खुद को बाँधा था। तुम्हें मृत्यु का भय था। लेकिन उस चरवाहे को कोई भय नहीं था। उसने घास की रस्सी से खुद को बाँधा और केवल मेरे दर्शन की लगन रखी। उसने दो उँगली का फासला समाप्त कर लिया। यदि मैं उसे नहीं संभालता तो वह मेरा नाम लेते हुए मृत्यु को प्राप्त हो जाता। इसलिए मुझे उसे दर्शन देने पड़े।"

आकाशवाणी समाप्त हुई।

गुरुजी ने मोहन से कहा—

**गुरुजी:** "पुत्र, हर प्राणी को अपने भीतर के अंधकार के कुएँ से बाहर आना चाहिए। बाबा फरीद ने ईश्वर से लौ लगाई और सिद्धि प्राप्त करने के लिए जंगल में तपस्या की। उन्होंने नदी किनारे कुटिया बनाई, धुना रमाया और पेड़ों के फल खाकर तपस्या में लीन हो गए।

108 दिन की तपस्या के बाद उन्हें सिद्धि प्राप्त हुई। आकाशवाणी हुई—

**आकाशवाणी:** 'पुत्र, हम तेरी तपस्या से प्रसन्न हुए। जिस सिद्धि की तलाश में तू था, आज हम वह तुझे प्रदान करते हैं।'

बाबा फरीद प्रसन्न हुए और सोचने लगे कि अब जब सिद्धि मिल गई है तो क्यों न उसे आज़माकर देखा जाए।"

**!!अध्याय समाप्त!!**

# 8

# सुदामा की परीक्षा और आत्मा का रहस्य

बाबा फरीद सोचने लगे कि यदि उनकी प्राप्त सिद्धि काम नहीं करती तो उनकी तपस्या व्यर्थ हो जाएगी। उन्होंने निश्चय किया कि अब इसकी परीक्षा लेनी चाहिए। वे अपनी कुटिया से बाहर आए, जहाँ वे तपस्या कर रहे थे। बाहर निकलते ही उन्होंने देखा कि वृक्षों पर अनेक चिड़ियाँ चहचहा रही थीं। उस शोर से उन्हें अत्यधिक चिढ़ हुई।

क्रोधवश उन्होंने ऊपर देखा और कहा—

**बाबा फरीद:** "जाओ, सभी चिड़ियाँ मर जाओ।"

कुछ ही देर में सभी चिड़ियाँ एक-एक कर नीचे गिरने लगीं और मर गईं। यह देखकर उनके मन में विचार आया कि यह तो बड़ा पाप हो गया। उन्होंने तुरंत ईश्वर को स्मरण किया और एक मंत्र का जाप करते हुए कहा—

**बाबा फरीद:** "जाओ, सभी चिड़ियाँ पुनः जीवित होकर उड़ जाओ।"

उनके ऐसा कहते ही सभी चिड़ियाँ जीवित हो गईं और उड़ गईं। यह देखकर बाबा फरीद अत्यंत प्रसन्न हुए। वे सोचने लगे—"अब मैं सिद्ध पुरुष हो गया हूँ। अब तो मैं जो चाहूँगा, वही होगा। मेरे गाँव के लोग अब मुझे पागल या दीवाना नहीं कहेंगे। मैं सबको दिखाऊँगा कि मैं क्या कर सकता हूँ। अब तो मैं चुटकियों में हरी महाराज को भी बुला सकता हूँ।"

इसी विचार में वे अपने गाँव की ओर यात्रा पर निकल पड़े। कई दिन चलने के बाद वे एक गाँव के समीप पहुँचे। उन्हें तीव्र प्यास लगी। उन्होंने देखा कि एक नवविवाहिता दुल्हन कुएँ से पानी भर रही है। वे उसके पास गए और बोले—

**बाबा फरीदः** "बीबी, मैं बाबा फरीद हूँ। मुझे प्यास लगी है, थोड़ा पानी पिला दो।"

लेकिन वह लड़की अपने काम में व्यस्त रही और उनकी ओर ध्यान नहीं दिया। यह देखकर बाबा फरीद को गुस्सा आ गया।

**बाबा फरीदः** "बीबी, तूने सुना नहीं? तू जानती नहीं कि मैं कौन हूँ?"

**लड़कीः** "थोड़ा सब्र करो बाबा, अभी पानी पिला दूँगी।"

**बाबा फरीदः** "तू जानती नहीं कि तू किससे सब्र करने को कह रही है। मैं बाबा फरीद हूँ। तू जानती नहीं कि मैं क्या कर सकता हूँ।"

उसकी बात सुनकर लड़की ने अपनी बाल्टी नीचे रख दी और बोली—

**लड़कीः** "बाबा जी, मैं कोई पेड़ पर बैठी चिड़िया नहीं हूँ, जो आपके कहने से मर जाऊँ और फिर आपके कहने से जीवित होकर उड़ जाऊँ। इसलिए थोड़ा सब्र रखिए।"

उसके मुख से ऐसे वचन सुनकर बाबा फरीद हैरान रह गए। वे सोचने लगे—"यह लड़की तो अभी ब्याह कर आई होगी। यह गाँव मेरी कुटिया से बहुत दूर है। फिर इसे चिड़ियों वाली बात का कैसे पता चला?"

तभी वह लड़की गड़वी में जल भरकर ले आई और बोली—

**लड़कीः** "लो बाबा जी, जल ग्रहण कीजिए। आप तो यूँ ही नाराज़ हो रहे थे। मेरे हाथ में पानी की बाल्टी भरी हुई थी, इसलिए मैंने पहले उसे गागर में भर लिया। उसके बाद आपको जल पिलाने आई हूँ। मेरी नासमझी के लिए मुझे क्षमा कीजिए और जल पी लीजिए।"

**बाबा फरीदः** "नहीं बेटी, मैं ऐसे जल नहीं पीऊँगा। पहले मेरे प्रश्न का उत्तर दो।"

**लड़कीः** "प्रश्न? कैसा प्रश्न बाबा जी? खैर, पूछिए।"

**बाबा फरीदः** "तुमने चिड़ियों वाली बात बताई, उसे मेरे सिवा कोई नहीं जानता था। फिर तुम्हें वह बात कैसे पता चली? तुमने ऐसा कौन सा कर्म किया कि तुम्हें यह सिद्धि प्राप्त हो गई?"

लड़की ने उत्तर दिया—

**लड़कीः** "मुझे तो यह नहीं पता बाबा जी। लेकिन जिस दिन मैं इस गाँव में ब्याह कर आई थी, उस रात की बात बता सकती हूँ। उस रात मेरे पति को प्यास लगी। मैं तुरंत उठी और गड़वी में जल भर लाई। लेकिन जब लौटी तो देखा कि मेरे पति गहरी नींद में सो चुके थे। मेरी माँ ने मुझे सिखाया था कि किसी को गहरी नींद से नहीं जगाना चाहिए। यदि मैंने उन्हें जगाया होता तो मुझे पाप लगता।

लेकिन मेरे मन में यह भी विचार आया कि यदि मेरे पति की नींद खुली और उन्हें प्यास लगी, और मैं सो रही होती, तो उन्हें प्यासा ही सोना पड़ता। इसलिए मैंने निर्णय लिया कि मैं जल हाथ में लेकर उनके जागने का इंतजार करूँगी। उस

रात मुझे न भूख लगी, न प्यास, न ही मेरी किसी इंद्री ने मुझे विचलित किया। मैं बस उनके जागने की प्रतीक्षा करती रही।

भोर में जब वे उठे तो मैंने तुरंत कहा—'स्वामी, पहले जल ग्रहण कीजिए। कल आपने मुझसे जल माँगा था और फिर सो गए थे। मुझे आपको जगाना उचित नहीं लगा, इसलिए मैं सारी रात आपके जागने की राह देखती रही।'

मेरे पति ने जल पिया और मन से मुझे आशीर्वाद दिया। शायद जो अभी हुआ ये उसी का परिणाम है।"

यह सुनकर बाबा फरीद की आँखें भर आईं। उन्होंने कहा—

**बाबा फरीदः** "तुम धन्य हो बेटी। लाओ, अब मुझे जल पिला दो। आज तुमसे मुझे एक और ज्ञान प्राप्त हुआ है। यही कि यदि लगन सच्ची हो और ध्यान एकाग्र हो, तो स्वतः ही सब कुछ प्राप्त हो सकता है। हम तो आज तक अहंकार में डूबे रहे। भला हो तेरा।"

गुरुजी ने कथा समाप्त करते हुए कहा—

**गुरुजीः** "पुत्र, कलयुग में किए गए कर्मों का फल सतयुग में भोगना पड़ता है। सतयुग के कर्मों का फल त्रेता में, त्रेता के कर्मों का द्‌वापर में और द्‌वापर के कर्मों का कलयुग में। अब ऋषि गौतम जैसे ऋषि नहीं हैं जो अपने कर्मों से युगों को ही पलट दें।

प्राणी के मन में प्रश्न उठता है कि जीवन मिला है तो क्या केवल एक ही कर्म के लिए? शास्त्रों में वर्णन है कि जीवन में विवाह का बंधन आवश्यक है। बिना गृहस्थ जीवन भोगे न मोक्ष मिलता है, न मुक्ति।

लेकिन पुत्र, श्री हरी नारायण की कृपा से हम इन प्रश्नों का उत्तर देंगे। सबसे बड़ा प्रश्न यही है कि जन्म क्यों होता है? क्या बार-बार जन्म लेना ही जीवन है? संसार केवल बीज पर आधारित है। चाहे मनुष्य हो या जीव-जंतु। बीज ही जीवन का कारण है।

परंतु प्रश्न यह भी है कि क्या बीज या सहवास के बिना भी जीवन संभव है? इसका उत्तर उदाहरण से समझो। गाय या भैंस का गोबर यदि पड़ा रहे तो उसमें कीड़े उत्पन्न हो जाते हैं। साँप अंडे से जन्म लेते हैं, परंतु कई बार बिना सहवास के भी जीवन उत्पन्न होता है। यही ईश्वर का करिश्मा है।

संसार पाँच तत्वों से चलता है। जहाँ ये पाँचों मिलते हैं, वहाँ जीवन संभव हो जाता है। और सबसे महत्वपूर्ण तत्व है ईश्वर—अर्थात प्रेम।"

**मोहनः** "आप सही कह रहे हैं गुरुजी। यह तो कभी किसी ने सोचा भी नहीं होगा कि प्रलय के बाद इतनी सारी आत्माओं का क्या होगा, वे सब कहाँ जाएँगी?"

गुरुजी: "लगता है पुत्र, अब तुम्हें हमारी बातों में आनंद आने लगा है। तो सुनो, इस रहस्य का खुलासा भी हम कर देते हैं। आत्माएँ अजर-अमर होती हैं। उनका नाश नहीं हो सकता।"

मोहन: "जी गुरुजी, इसका वर्णन तो शास्त्रों में भी है। लेकिन आप तो प्रेम के विषय में बता रहे थे। आपने माँ राधा और सुदामा जी की बात कही थी।"

गुरुजी: "बिल्कुल सही कहा। पहले उसी पर प्रकाश डालते हैं। जैसे माँ राधा भगवान श्रीकृष्ण से प्रेम करती थीं, वैसे ही सुदामा भी श्रीकृष्ण से अत्यंत प्रेम करता था। इसी कारण वह उनका सबसे प्रिय सखा था। आज के समय में भी यदि कोई प्राणी श्रीकृष्ण से प्रेम करना चाहता है, तो उसे सुदामा जैसा बनना पड़ेगा। लेकिन आज के युग में कोई सुदामा नहीं बनना चाहता।

क्योंकि श्रीकृष्ण को पाने का यही एक मार्ग है। संसार को वह ज्ञान ही प्राप्त नहीं है, जिससे वे श्रीकृष्ण तक पहुँच सकें। यह एक ऐसा रहस्य है, जिसका ज्ञान किसी को नहीं है। चलो, इसे एक कथा के माध्यम से समझते हैं।

कहते हैं, एक समय एक वृद्धा थी। उसके पास एक गाय थी और उसी से उसका जीवन-यापन होता था। एक दिन उसे जंगल में लकड़ियाँ लेने जाना था। उसने थोड़े से चने भूनकर एक पोटली बनाई और घर में टाँग दी, ताकि जाते समय साथ ले सके। फिर वह पानी लेने नदी पर चली गई।

उसके जाने के बाद कुछ चोर उसके घर आए। वे सोचने लगे कि वृद्धा ने दूध बेचकर धन इकट्ठा किया होगा, जिसे वे लूट सकते हैं। उन्होंने घर का ताला तोड़ा और अंदर घुसे। बहुत खोजने पर भी कुछ नहीं मिला। तभी एक चोर की नज़र ऊपर टँगी पोटली पर पड़ी। उसने उसे उतार लिया। चने कुरकुरे थे, आपस में टकराकर ऐसी ध्वनि निकाल रहे थे मानो उसमें सोने की गिन्नियाँ हों।

तभी वृद्धा लौट आई। उसने देखा कि चोर उसकी पोटली ले जा रहे हैं। उसने जोर-जोर से 'चोर-चोर' चिल्लाना शुरू कर दिया। गाँववाले उनका पीछा करने लगे। चोरों ने सोचा कि जब तक पोटली हमारे पास रहेगी, लोग पीछा करेंगे। उन्होंने पोटली ऋषि संदीपनी के आश्रम में फेंक दी और भाग गए।

उस दिन श्रीकृष्ण और सुदामा की बारी थी जंगल से लकड़ियाँ लाने की। जाने से पहले गुरु माता ने सुदामा को आदेश दिया कि आँगन में झाड़ू लगा दो। सुदामा ने प्रणाम किया और आँगन साफ करने लगा। तभी उसे वह पोटली मिली। उसने कार्य पूर्ण कर हाथ-मुँह धोकर पोटली गुरुमाता को दी।

गुरुमाता ने पोटली खोली। उसमें चने थे। उन्होंने कहा—"पुत्र, आज का भोजन यही है। आधे चने तुम खा लेना और आधे कृष्ण को दे देना।"

सुदामा ने प्रणाम किया और दोनों मित्र जंगल की ओर निकल गए।

रास्ते में कृष्ण ने देखा कि सुदामा गहरी सोच में है।

कृष्णः "क्या बात है ब्राह्मण देवता, आज तो आप किसी गहरी सोच में हैं। सब ठीक है?"

सुदामाः "नहीं, ऐसा कुछ नहीं। आज धूप बहुत तेज है। लो, जल पी लो।"

कृष्णः "अरे वाह, आप तो बड़े चालाक निकले। आप चाहते हैं कि मैं केवल जल पीकर पेट भरूँ और आप अकेले सारे चने खा लें। हम जानते हैं कि ब्राह्मण को सबसे अधिक भूख लगती है।"

सुदामाः "हाँ मित्र, यह तो आपने सही कहा।"

कृष्णः "क्या कहा ब्राह्मण देवता? एक बार फिर कहिए। ब्राह्मण के मुख से निकला वचन सत्य होता है।"

सुदामाः "हाँ मित्र, मेरे मुख से गलती से निकल गया। लेकिन मैं आपको मित्र कैसे कह सकता हूँ? मित्रता तो बराबर वालों के बीच होती है। आप धनवान हैं और मैं निर्धन ब्राह्मण।"

श्रीकृष्ण मन ही मन सोचने लगे—"सुदामा संसार के हिसाब से सही कह रहा है। लेकिन वह नहीं जानता कि मैं वास्तव में कौन हूँ। यदि मैं उसकी परीक्षा लूँ तो क्या वह उत्तीर्ण होगा? परीक्षा धन की नहीं होगी, केवल प्रेम की होगी। यदि वह उत्तीर्ण हुआ तो मैं उसका मित्र बनूँगा। यही संसार को सीख भी मिलेगी कि जो मेरी परीक्षा में उत्तीर्ण होगा, मैं उसका सखा बनूँगा। निर्धन ही मेरे निकट आएगा, धनवान अहंकार और लोभ में फँसा रहेगा।"

यही सोचकर श्रीकृष्ण ने लीला रचने का निश्चय किया। वे पेड़ पर चढ़ गए और सुदामा को नीचे की डाल पर बैठा दिया। तभी उन्होंने बादलों को संकेत किया और वर्षा शुरू हो गई।

सुदामा ने ध्यान लगाया और समझ गए कि यह प्रभु की लीला है। वे पोटली के विषय में सोच रहे थे कि कोई चने से भरी पोटली गुरुजी के आश्रम में क्यों फेंक जाएगा। उन्होंने श्रीहरी से प्रार्थना की कि उन्हें इसका रहस्य बताएँ।

श्रीकृष्ण ने उन्हें दृश्य दिखाए—कैसे चोरों ने पोटली चुराई, गाँववाले पीछा करने लगे, और चोरों ने उसे आश्रम में फेंक दिया। वृद्धा ने श्राप दिया कि जो भी उसके चने खाएगा, वह दरिद्र होगा।

यह देखकर सुदामा घबरा गए। उन्होंने सोचा कि पोटली फेंक देनी चाहिए। लेकिन फिर याद आया कि यह गुरुमाता का प्रसाद है। यदि फेंक दिया तो पाप लगेगा। गुरुमाता ने कहा था कि आधे चने कृष्ण को देना।

सुदामा विचारों में डूब गए। उन्होंने निश्चय किया कि वे कृष्ण को चने नहीं देंगे। वे डर गए कि यदि कृष्ण ने चने खा लिए तो वे और उनका वंश दरिद्र हो जाएगा। सुदामा ने पूरी दरिद्रता स्वयं के लिए चुन ली। यही सोचकर वे धीरे-धीरे चनों को खाने लगे।

श्रीकृष्ण ने जब वह आवाज़ सुनी तो वे सुदामा से कहने लगे...

**श्रीकृष्णः** "मित्र सुदामा, ये 'कट-कट' की आवाज़ कहाँ से आ रही है? कहीं तुम चोरी-चोरी चने तो नहीं खा रहे?"

सुदामा सोचने लगे—"यदि मैंने सत्य कह दिया तो कृष्ण मुझसे वे चने माँग लेंगे और मुझे उन्हें देना पड़ेगा। यदि उन्होंने ये चने खा लिए तो वे भी दरिद्र हो जाएँगे।" यही सोचकर उन्होंने उत्तर दिया—

**सुदामाः** "कृष्ण, इस वर्षा के कारण मुझे ठंड लग रही है। अतः ठंड से मेरे दाँत बज रहे हैं।"

ऐसा कहते हुए उन्होंने जल्दी-जल्दी सारे चने खा लिए, ताकि पोटली से एक भी दाना कृष्ण ग्रहण न कर सकें।

कुछ देर बाद जब श्रीकृष्ण ने सारी लकड़ियाँ तोड़ लीं और वृक्ष से नीचे उतरे, तो बोले—

**श्रीकृष्णः** "सुदामा, लकड़ियाँ तो हमने बहुत तोड़ लीं। अब मुझे मेरे हिस्से के चने दे दो। मुझे बहुत भूख लगी है।"

**सुदामाः** "कृष्ण मेरे मित्र, मुझे क्षमा कर दो। दरअसल मुझे बहुत भूख लगी थी, इसलिए मैंने सारे चने खा लिए।"

सुदामा की बात सुनकर श्रीकृष्ण दुखी हो गए। वे तो स्वयं नारायण थे, सब जानते थे। उन्होंने कहा—

**श्रीकृष्णः** "मित्र, यह क्या किया? तुमने सारी दरिद्रता स्वयं ले ली। आज तुमने अपनी मित्रता सिद्ध कर दी और वह दो उँगली का फासला भी समाप्त कर दिया। यही तो प्रेम है। आज से तुम मेरे परम मित्र हुए। हमारी मित्रता की गाथा युगों-युगों तक प्रचलित होगी।"

**गुरुजीः** "इसलिए पुत्र मोहन, श्रीकृष्ण सदैव दरिद्रों और निर्धनों के ही मित्र बनते हैं। वे उनके साथ रहते हैं, उनके कष्टों में सहारा देते हैं और अपनी भक्ति भी उन्हें ही प्रदान करते हैं। दर्शन भी उन्हें ही होते हैं। लेकिन शर्त यही है कि वह मित्र सुदामा जैसा होना चाहिए।

सुदामा अत्यंत निर्धन ब्राहमण थे। कई बार उन्हें और उनके परिवार को एक समय का भोजन भी नहीं मिलता था। वे केवल पानी पीकर संतोष करते। लेकिन

ऐसे हालात में भी वे श्रीकृष्ण की भक्ति करते रहे। जो भी भिक्षा में मिलता, पहले उसका भोग श्रीकृष्ण को लगाते, फिर परिवार और स्वयं को देते।

वे कभी भी श्रीकृष्ण से कुछ माँगते नहीं थे। अपने जीवन से संतुष्ट रहते और जो मिलता उसे प्रसाद मानकर ग्रहण करते। संसार को ज्ञान बाँटते रहते।

हालांकि कलयुग में भी कुछ ब्राह्मण ऐसे हैं जो केवल भिक्षा पर आश्रित हैं और ज्ञान बाँटते हैं। लेकिन कुछ ने इसे व्यापार बना लिया है। आजकल कई ब्राह्मण केवल नाम भर के रह गए हैं। कुछ पोथी लेकर घूमते हैं और पढ़कर ज्ञान देते हैं, तो कुछ चोरी-छिपे मांसाहारी भोजन करते हैं। यह सब उनके पिछले जन्मों के भोग फल के कारण होता है। जब हरी उनके भोग समाप्त कर देते हैं, तो हृदय परिवर्तन होता है और वे पुनः शाकाहारी बन जाते हैं।"

मोहन गुरुजी के मुख से ऐसा सत्संग सुनकर कृतज्ञ हो गया। वह गुरुजी की ओर देख रहा था कि तभी गुरुजी ने कहा—

**गुरुजीः** "पुत्र, आशा करता हूँ कि तुम्हें कुछ ज्ञान प्राप्त हुआ होगा। अब तुम अपने घर जाओ।"

मोहन उठा, प्रसन्न मन से गुरुजी के चरण छूकर घर की ओर चला गया। घर पहुँचकर उसके पिता ने पूछा—

**पिताः** "आओ मोहन। आज तो तुम बहुत प्रसन्न दिख रहे हो। लगता है गुरुजी से मुलाकात हो गई।"

**मोहनः** "जी पिता जी। ज़ीवन में गुरु का होना अत्यावश्यक है। गुरु के बिना कोई भी प्राणी सार्थक जीवन नहीं जी सकता। वह जीवनभर भटकता ही रहेगा।"

**पिताः** "वो कैसे बेटा? थोड़ा ज्ञान हमसे भी साझा करो।"

**मोहनः** "जी पिता जी। आज गुरुजी ने मुझे जो ज्ञान दिया, वह शास्त्रों में भी लिखा है। श्रीमद्भगवद्गीता में इसका उल्लेख है। वह श्लोक मेरे मन को छू गया।

**जितात्मनः प्रशान्तस्य परमात्मा समाहितः।**
**शीतोष्ण-सुख-दुःखेषु तथा मानापमानयोः॥**

अर्थातः जिसने अपने मन पर विजय प्राप्त कर ली है, जो शांत और स्थिर है, जो सर्दी-गर्मी, सुख-दुःख, मान-अपमान में समान रहता है—वही प्रभु का प्रिय होता है।

प्राणी को चाहिए कि वह अपने चंचल मन को काबू में रखे। मन ही उसे भटकाता है, इंद्रियों को वश में कर कर्मों से विचलित करता है। जैसे ऋषि नारद सबकी खबर यहाँ से वहाँ पहुँचाते थे, वैसे ही मन हमारी खबर प्रभु तक पहुँचाता है।

प्राणी के हर अच्छे-बुरे कर्मों का लेखा-जोखा प्रभु तक पहुँचता है। इसलिए जब प्राणी अपने बुरे कर्म सुनता है तो प्रभु से क्षमा माँगता है। लेकिन कर्मफल से कोई मुक्त नहीं हो सकता। मृत्यु के बाद भी आत्मा को अपने कर्मों का भोग करना पड़ता है।

प्राणी के मन में सदैव प्रश्न उठता है—मरने के बाद आत्मा का क्या होता है? क्या वह नया शरीर धारण करती है? उसका स्वरूप कैसा होता है? वह क्या खाती-पीती है?

इन प्रश्नों का वर्णन गरुड़ पुराण में है। लेकिन गुरुजी के अनुसार आत्मा का स्वरूप वैसा ही होता है जैसा प्राणी का स्थूल देह में होता है। मृत्यु के बाद भी मोह नहीं छूटता और न ही स्वभाव।"

**!!अध्याय समाप्त!!**

# 9

# मोहन की यात्रा, कालकेतु का अंत और पारिजात का रहस्य

मोहन: "गुरुजी बताते हैं कि कई बार प्राणी आत्मदाह कर लेते हैं। वे सोचते हैं कि मृत्यु के बाद सभी दुख और तकलीफों से मुक्ति मिल जाएगी, सब शांत हो जाएगा। लेकिन ऐसा होता नहीं है। गुरुजी ने कहा कि जो लोग मृत्यु से पहले बहुत बीमार रहते हैं, जब उनका देहांत होता है तो परिवारजन कहते हैं—'चलो अच्छा हुआ, अब उनका दुख समाप्त हो गया।' परंतु सच्चाई यह है कि यदि प्राणी का प्राण-हनन दुख में होता है तो उसे मृत्यु के बाद भी वही दुख भोगना पड़ता है।

ऐसी आत्माएँ सदैव दुखी रहती हैं और अपने परिवार के इर्द-गिर्द मंडराती रहती हैं। वे अपने ही परिवार में किसी कमजोर या बीमार प्राणी को ढूँढती हैं और उसे दबोच लेती हैं, ताकि अपने अधूरे कर्म पूरे कर सकें और स्वयं मुक्त हो सकें। इसलिए प्राणी को चाहिए कि वह सदैव स्वस्थ रहने का प्रयास करे और प्रेम की वाणी बोले। क्योंकि प्रेम से ईश्वर प्रसन्न होते हैं और आपके मनोरथ सिद्ध करते हैं।"

पिता: "वो कैसे होता होगा पुत्र?"

मोहन: "पिताजी, गुरुजी कहते हैं कि जब प्राणी प्रेम भाव में रहता है तो ईश्वर उसकी इंद्रियों को शांत रखते हैं। वे उनमें ऊर्जा भर देते हैं और उसी ऊर्जा से प्राणी अपने मनोरथ सिद्ध कर लेता है। इस प्रकार वह दूसरों के मन में भी प्रेम की

ज्योति जला देता है।

गुरुजी ने एक उदाहरण दिया—मान लीजिए कोई युवक किसी युवती से प्रेम करता है और उससे विवाह का विचार करता है। लेकिन कई बार वह युवती उसे धोखा दे देती है। ऐसे में यदि युवती अपने माता-पिता के विरुद्ध जाकर गलत कदम उठाती है, तो उसका चरित्र कलंकित हो जाता है। जिसे वह प्रेम समझ रही होती है, वह दरअसल स्वार्थ होता है। यह प्यार है, जो नश्वर वस्तुओं से होता है।

लेकिन कुछ पति-पत्नी ऐसे भी होते हैं जो जीवनभर एक-दूसरे के प्रति समर्पित रहते हैं और अंत तक अपने चरित्र को अडिग रखते हैं। ऐसे लोग प्रेम की पहली सीढ़ी पार कर लेते हैं। जैसे स्त्री के लिए आवश्यक है कि वह अपने पति के प्रति प्रेम भाव बनाए रखे और चरित्र को कहीं भी फिसलने न दे, वैसे ही पुरुष के लिए भी अनिवार्य है कि वह पर-नारी पर दृष्टि न डाले। जो स्त्री-पुरुष सुख-दुख में साथ रहते हैं, ईश्वर सदैव उनके साथ होते हैं और उनके मनोरथ सिद्ध करते हैं। क्योंकि वहीं प्रेम है और प्रेम ईश्वर का ही नाम है।

पिताजी, गुरुजी कहते हैं कि कई बार पति-पत्नी दोनों स्वस्थ होते हैं, लेकिन उन्हें संतान नहीं मिलती। लोग कहते हैं कि उनके भाग्य में संतान सुख नहीं है। यह उनके पिछले जन्मों के कर्मों का फल होता है। कभी-कभी संतान माता-पिता के लिए सुखद नहीं होती। जैसे पुत्री का व्यवहार अपनी माता से ठीक न हो या पिता से लगाव न हो। यह सब प्यार है, जो स्वार्थ से भरा होता है। यही अंतर है प्रेम और प्यार में।"

पिताः "बेटा, क्या गुरुजी ने कोई उपाय नहीं बताया कि जो लोग निसंतान हैं, उन्हें संतान प्राप्त हो सके? संतान का सुख तो सभी चाहते हैं।"

**मोहनः** "जी पिताजी। गुरुजी ने उपाय बताया है। उन्होंने कहा कि यदि कोई दंपत्ति संतान सुख से वंचित है, तो यह उपाय लगभग 90% स्त्रियों के लिए लाभकारी सिद्ध हुआ है।

उपाय यह है कि स्त्री और पुरुष दोनों को 41 दिन तक श्रद्धा से श्रीकृष्ण का नाम जप करना है—'ॐ श्रीकृष्णाय नमः'। इन 40 दिनों में दोनों को ब्रह्मचर्य का पालन करना होगा। यदि स्त्री का मासिक धर्म बीच में आता है तो उतने दिन उपाय आगे बढ़ जाएगा।

प्रतिदिन हनुमान जी के मंदिर में जाकर 5 रुपए का माथा टेकना है। इन दिनों में बाहर का भोजन नहीं करना है। पुरुष साधारण कुर्ता-पायजामा और स्त्री साड़ी पहनकर मंदिर जाएँ। वही कपड़े रोज पहनने हैं, लेकिन उन्हें धोना नहीं है। ध्यान रहे, उन कपड़ों को शौच आदि में प्रयोग नहीं करना है।

41वें दिन उद्‌यापन करना होगा। उस दिन 5 फल, एक जटा वाला नारियल और गुड़ के 5 मोटे रोट लेकर मंदिर जाना है। नारियल स्त्री को स्वयं तोड़ना है, यदि न कर सके तो पुजारी मदद करेंगे। आधा नारियल प्रसाद स्वरूप उसकी झोली में डाला जाएगा। इसके बाद दंपत्ति संबंध बना सकते हैं।

गुरुजी ने कहा कि इसमें सफलता तभी मिलेगी जब दोनों के बीच प्रेम होगा, प्यार नहीं। क्योंकि प्यार में किया गया कार्य असफल होता है, जबकि प्रेम से किया गया कार्य सफल होता है।"

**पिता:** "वाह बेटा, तुम तो गुरुजी की संगत में रहकर संतों जैसी बातें करने लगे हो। लेकिन क्या अपने बारे में भी कुछ सोचा है?"

**मोहन:** "जी पिताजी, मैं सोच रहा हूँ कि जो कार्य अधूरा रह गया है, उसे इसी जन्म में पूरा कर लूँ। नहीं तो वह कार्य युगों तक अधूरा रहेगा। सतयुग से कलयुग आता है और फिर सब नष्ट होने के बाद सतयुग आता है। युग बदलते रहते हैं, लेकिन इंसान का स्वभाव नहीं बदलता। सब कर्म बंधन से जुड़ा है।

मेरी जन्मकुंडली से स्पष्ट है कि पिछले जन्म से कोई मेरा इंतजार कर रहा है। वह मेरे गुरु थे। अब मुझे उनकी खोज करनी होगी। जब तक मैं उन्हें नहीं पा लेता, न मुझे चैन मिलेगा, न उन्हें मुक्ति। यदि इस जन्म में भी कार्य अधूरा रहा तो हमें जन्म-जन्मांतर तक भटकना पड़ेगा। यही प्रकृति का नियम है।"

**पिता:** "बेटा, जिस मार्ग पर तुम जाना चाहते हो, वह कठिन है। आध्यात्मिक ज्ञान कहता है—कर्म करो, फल की इच्छा मत करो। फिर भी मैं तुम्हारे मिशन का समर्थन करता हूँ। यदि तुमने इसे जीवन का लक्ष्य बना लिया है तो पीछे नहीं हटना चाहिए। जुटे रहना होगा, तभी सफलता मिलेगी।"

**मोहन:** "पिताजी, आज मैंने आपके द्‌वारा दिया गया ज्ञान पा लिया है। मैं आपका आभारी हूँ। मेरी इच्छा है कि जब मैं अपने मिशन पर निकलूँ, तो आप और माँ मेरी चिंता न करें। नहीं तो मेरा मन मोह में फँस जाएगा और मिशन अधूरा रह जाएगा। पिताजी, अब आप भी मेरे गुरु समान हैं। इसलिए मैं आपसे एक प्रश्न पूछना चाहता हूँ।"

**पिता:** "पूछो पुत्र।"

**मोहन:** "पिताजी, जब मैं यहाँ से जाऊँगा तो मार्ग में कोई सुविधा नहीं मिलेगी। यदि भूख-प्यास सताएगी तो मैं क्या करूँगा?"

**पिता:** "तुम्हारा प्रश्न उत्तम है। सुनो बेटा, जब तुम अपने मिशन पर निकले हो और तुम्हारे मन में उस राह पर चलने की प्रबल इच्छा है, तो तुम्हें इन सब बातों से ध्यान हटाना होगा। नहीं तो ये अड़चन बन जाएँगी। जिस गुरु या ईश्वर की तलाश

में जा रहे हो, उनका आशीर्वाद सदैव तुम्हारे साथ रहेगा। रही बात भूख-प्यास की, तो समझ लो—ईश्वर कभी किसी को भूखा नहीं सुलाता।"

**मोहन:** "अच्छी बात है पिता जी। मैं आपकी इस बात को सदैव याद रखूँगा। लेकिन मेरे जाने के बाद आपसे एक निवेदन है।"

**पिता:** "बोलो पुत्र।"

**मोहन:** "हमारी जो गाय है, वह बाँझ है। उसकी कोई संतान नहीं हुई। मैंने अनेक उपाय किए, लेकिन कोई फल नहीं मिला। आप एक काम कीजिए—उसे छोड़ दीजिए। कब छोड़ना है, यह निर्णय आप पर निर्भर है। चाहे अभी या कुछ महीनों बाद।"

**पिता:** "बेटा, वैसे तो हम गाय को छोड़ना नहीं चाहेंगे। जब तक संभव होगा, हम उसकी सेवा करेंगे। एक बार कुछ लोग उसे लेने आए थे। मैंने उन्हें कहा कि यह गाय बाँझ है, इसका बच्चा नहीं हो सकता। लेकिन वे बोले कि उसे गौशाला में रखेंगे। मुझे समझ आ गया कि वे कसाई हैं और इस जवान गाय का मांस बेचना चाहते हैं। इसलिए मैंने उन्हें भगा दिया।"

**मोहन:** "हाँ, मैं जानता हूँ कि वह हमारे लिए बोझ नहीं है। वह स्वयं चरकर लौट आती है।"

**पिता:** "ठीक है बेटा। अब आओ, कुछ खा लो। तुम लंबे समय से परेशान और भटके हुए हो। यदि अपने मकसद पर दृढ़ रहोगे, तो सफलता अवश्य मिलेगी।"

**मोहन:** "जी पिता जी, मैं आपकी बात याद रखूँगा। अब से जो भी करूँगा, उसी का ध्यान रखकर करूँगा।"

**पिता:** "ठीक है बेटा, आओ भोजन कर लो।"

वह रात मोहन की अपने घर में अंतिम रात थी। उसने सबके साथ भोजन किया और अगले दिन सुबह ही घर का त्याग कर यात्रा पर निकल पड़ा।

चलते-चलते अनेक नगर और गाँव आए। उसकी हालत बिगड़ने लगी। लोग उसे भिखारी समझने लगे और दाल-चावल का दान देने लगे। किसी को पता नहीं था कि वह बनिया परिवार से है और उसके घर में धन-धान्य की कोई कमी नहीं थी। यह बात केवल मोहन और हरी जानते थे।

एक दिन वह मंदिर के बाहर घने वृक्ष के नीचे सो गया। उधर घर में गाय का भी बुरा हाल था। मोहन के जाने के बाद वह गाय लगातार रंभाती रही। पिता ने सोचा—"मोहन का जाना तो तय था, लेकिन यह गाय उसका वियोग सहन नहीं कर पा रही।" उन्होंने उसे मुक्त कर दिया। गाय चली गई और फिर कभी लौटकर नहीं आई।

वृक्ष के नीचे लेटे-लेटे मोहन गहरी नींद में चला गया। उसने स्वप्न देखा कि वह घने जंगल में जा रहा है। वहाँ एक भैंसा उसके सामने आया और इंसानों की भाषा में बोला—

**भैंसा:** "सुन बच्चे, मेरी पीठ पर बैठ जा। जहाँ जाना है, मैं पलभर में पहुँचा दूँगा।"

**मोहन:** "लेकिन तुम तो जानवर हो। इंसानों की भाषा कैसे बोल रहे हो?"

**भैंसा:** "चिंता मत कर। इस जन्म से पहले मैं भी इंसान था। मैंने भी कहीं जाने का निर्णय लिया था। उस समय मुझे लेने के लिए भी एक भैंसा आया था। लेकिन मैंने उसकी सवारी करने से मना कर दिया था।"

मोहन ने यह स्वप्न मंदिर के पंडित जी को सुनाया।

**पंडित जी:** "फिर क्या हुआ बेटा?"

**मोहन:** "उसके बाद मेरी नींद टूट गई। पंडित जी, क्या आप इस स्वप्न का अर्थ बता सकते हैं?"

**पंडित जी:** "बेटा, इसका अर्थ है कि जिस कार्य के लिए तुम जा रहे हो, वह अवश्य पूर्ण होगा। लेकिन कठिनाई आएगी। तुम्हें मृत्यु का भय निकालना होगा। जिस मार्ग पर तुम चल रहे हो, वह काँटों से भरा है। लेकिन यदि तुम्हारी इच्छा में प्रेम है, तो वे काँटे भी फूल बन जाएँगे।"

**मोहन:** "धन्यवाद पंडित जी। रही बात प्रेम की, तो मैं तो केवल प्रेम का ही पुजारी हूँ। प्यार को तो घर छोड़ते समय ही पीछे छोड़ आया था। अब मैं आगे की यात्रा प्रारंभ करता हूँ।"

**पंडित जी:** "ईश्वर तुम्हें सफलता प्रदान करें।"

मोहन ने पंडित जी को प्रणाम किया और आगे बढ़ गया।

रास्ते में अनेक कठिनाइयाँ आईं। कई बार उसका मन डगमगाया कि घर लौट जाए। लेकिन उसने मन को नियंत्रित किया और आगे बढ़ता रहा। जहाँ रात होती, वहीं विश्राम कर लेता।

एक दिन उसे एक चरवाहा मिला। उसने सोचा कि थोड़ी देर उसके पास बैठकर बात कर ले।

**चरवाहा:** "मोहन भैया, आप बहुत थके हुए लग रहे हो। लगता है आपकी गाय कहीं खो गई है। आगे तो घना जंगल है और उसके बाद पहाड़ ही पहाड़। वहाँ जंगली जानवरों का भय है। सब ठीक है?"

**मोहन:** "ग्वाले, मेरी कोई गाय नहीं खोई है और न मैं चरवाहा हूँ। लेकिन अचरज की बात है कि मैं तुमसे पहली बार मिल रहा हूँ, फिर तुम मेरा नाम कैसे जानते हो?"

**चरवाहा:** "आप चेहरे से भोले लगते हो, तो मैंने सोचा आपका नाम मोहन ही होगा। वैसे आप जा कहाँ रहे हो? मेरी मानो तो लौट चलो। थोड़ी देर में अंधेरा होगा।"

**मोहन:** "लौटना अब संभव नहीं। तुमने मुझे ज्ञान दिया है, तो मैं भी तुम्हें कुछ ज्ञान देना चाहता हूँ।"

**चरवाहा:** "हाँ, कहो।"

**मोहन:** "यदि ईश्वर से जुड़ना चाहते हो, तो मन से डर निकालो। एकांत सबसे उत्तम है। तुमने कहा कि जंगल में खतरा है।"

**चरवाहा:** "हाँ, सही कहा। लेकिन यदि मैं ध्यान में बैठूँ तो जानवर हमला कर सकते हैं।"

**मोहन:** "यदि तुम ध्यान केंद्रित कर ईश्वर का सिमरन करोगे, तो ऊर्जा एकत्र होकर तुम्हारे चारों ओर ओरा बन जाएगी। उस प्रकाश को कोई सहन नहीं कर पाएगा। कोई जानवर पास नहीं आएगा। प्रकृति भी तुम्हें तंग नहीं कर पाएगी। उस अवस्था में आत्मा का साक्षात्कार होता है और प्राणी प्रेम में होता है।"

**चरवाहा:** "भाई, ज़रा इसे स्पष्ट करो।"

**मोहन:** "ठीक है। मैं तुम्हें भगवान श्रीकृष्ण और उनकी पत्नी सत्यभामा की कथा सुनाता हूँ। इससे तुम्हें शिक्षा मिलेगी।

क्या तुमने पारिजात वृक्ष का नाम सुना है?"

**चरवाहा:** "नहीं भैया, मैंने कभी नहीं सुना। कहाँ पाया जाता है?"

**मोहन:** "पारिजात वृक्ष स्वर्गलोक में पाया जाता है। उसके फूलों की अद्भुत सुगंध से पूरा स्वर्ग महकता है। अब सुनो, इसके पीछे का रहस्य।

एक समय द्वारकाधीश श्रीकृष्ण के द्वार पर देवराज इन्द्र आए। वे अत्यंत विचलित थे और 'त्राहि माम' पुकार रहे थे। उन्हें देखकर श्रीकृष्ण बोले..."

**श्रीकृष्ण:** "आइए देवराज, द्वारका नगरी में आपका स्वागत है। यहाँ बैठिए, जल ग्रहण कीजिए और फिर अपने आने का कारण बताइए।"

**इन्द्र:** "हे प्रभु, स्वर्गलोक पर विपदा आ पड़ी है। महाऋषि नारद जी ने कहा था कि द्वापर युग में आपके अवतार श्रीकृष्ण ही हमारी सहायता करेंगे। इसलिए मैं आपकी शरण में आया हूँ।"

**श्रीकृष्ण:** "आप निश्चिंत होकर अपनी दुविधा बताइए।"

**इन्द्र:** "हे प्रभु, एक राक्षस है जिसका नाम कालकेतु है। वह स्वर्ग पर आधिपत्य जमाना चाहता है। मैंने उससे युद्ध किया, परंतु वह और भी शक्तिशाली होता जा रहा है। उसने पूरे स्वर्गलोक में उत्पात मचा रखा है। अब उसे आप ही पराजित कर सकते हैं।"

इन्द्र की बात सुनकर श्रीकृष्ण तुरंत तैयार हो गए। वे जानते थे कि पूर्व में भी अनेक राक्षसों का अंत उनके हाथों हुआ है। वे इन्द्र के साथ स्वर्ग पहुँचे।

कालकेतु ने उन्हें देखकर कहा—

**कालकेतुः** "आइए श्रीकृष्ण। तो आपको मुझे मारने के लिए स्वयं आना ही पड़ा।"

**श्रीकृष्णः** "मरे हुए को कौन मार सकता है, कालकेतु। मेरी बात मानो और स्वर्ग छोड़कर कहीं और चले जाओ। इसी में तुम्हारी और तुम्हारे कुल की भलाई है।"

लेकिन कालकेतु जानता था कि यदि वह युद्ध से पीछे हटेगा तो उसकी राक्षस योनि का अंत कभी नहीं होगा। उसने श्रीकृष्ण को बार-बार ललकारा। अंततः श्रीकृष्ण को उस पर दया आई और उन्होंने भीषण युद्ध किया। परिणाम पूर्वनिश्चित था—कालकेतु का अंत श्रीकृष्ण के हाथों हुआ। मृत्यु के पश्चात वह श्रीकृष्ण की शरण में पहुँच गया और जीवन-मरण के जाल से मुक्त हो गया।

युद्ध समाप्त कर जब श्रीकृष्ण द्वारका लौटने लगे, तभी नारद जी वहाँ आए।

**नारदः** "नारायण, नारायण।"

**श्रीकृष्णः** "कहिए नारद जी, इस समय कैसे पधारे? इन्द्र को उसका सिंहासन मिल चुका है। आपके हाथ में यह कौन सा फूल है, जिसकी सुगंध से स्वर्गलोक महक रहा है?"

**नारदः** "नारायण, नारायण। प्रभु, आपकी लीला अपरंपार है। विजय प्राप्त कर आप भूलोक लौट रहे हैं। अतः यह फूल हमारी ओर से भेंट स्वरूप स्वीकार कीजिए।"

श्रीकृष्ण द्वारका पहुँचे। वहाँ उनकी तीनों पत्नियाँ—रुक्मिणी, सत्यभामा और जामवंती—फूलों की मालाएँ लेकर द्वार पर खड़ी थीं। उन्होंने एक-एक कर उनका स्वागत किया और गले में मालाएँ पहनाईं।

श्रीकृष्ण सोचने लगे—"तीनों ने मेरा स्वागत फूलों से किया है, अब मैं उन्हें क्या भेंट दूँ?" रुक्मिणी ने उनके मन का भाव समझ लिया और बोली—

**रुक्मिणीः** "क्या बात है स्वामी? आप गहरी सोच में हैं। भीतर क्यों नहीं आ रहे? और यह आपके हाथ में क्या है? क्या आप स्वर्ग से कोई भेंट लाए हैं?"

**श्रीकृष्णः** "हाँ रुक्मिणी। यह पारिजात वृक्ष का फूल है, जो केवल स्वर्ग में उगता है। इसे आप भेंट स्वरूप स्वीकार कीजिए।"

**!!अध्याय समाप्त!!**

# 10

# सत्यभामा का संकल्प और प्रेम की परीक्षा

जामवंती और सत्यभामा जी को बिल्कुल भी आभास नहीं हुआ कि श्रीकृष्ण ने पारिजात का फूल रुक्मिणी जी को भेंट स्वरूप दिया है। दोनों ने प्रभु का स्वागत किया और फिर अपने-अपने कक्ष में विश्राम करने चली गईं। उनके जाने के बाद ही श्रीकृष्ण ने वह पारिजात का अद्‌भुत फूल रुक्मिणी जी को भेंट किया।

इसी बीच नारद जी सत्यभामा के पास पहुँचे और बोले—

**नारदः** "नारायण, नारायण। देवी, प्रणाम।"

**सत्यभामाः** "प्रणाम देवऋषि। कहिए, कैसे आना हुआ?"

**नारदः** "देवी, आपके साथ हुए अन्याय को हम देख नहीं सके। इसलिए आपके पास आए हैं, ताकि आपको उसकी सूचना मिल सके।"

**सत्यभामाः** "ऋषिवर, आप यह क्या कह रहे हैं? अन्याय और वह भी हमारे साथ? ऐसा कौन कर सकता है? स्पष्ट बताइए, आपका संकेत किस ओर है?"

**नारदः** "नारायण, नारायण। प्रभु अभी-अभी स्वर्ग से लौटे हैं। वहाँ हमने उन्हें पारिजात का अद्‌भुत फूल भेंट किया था। उसकी सुगंध से पूरा स्वर्गलोक महकता है। वह फूल हमने उन्हें आपको देने के लिए दिया था।"

**सत्यभामाः** "लेकिन प्रभु ने तो हमें कोई फूल नहीं दिया।"

**नारदः** "यही तो अनर्थ हुआ है देवी। जिसके पास वह फूल होगा, वही संसार का सबसे धनवान प्राणी होगा। वह फूल अनमोल है।"

यह सब लीला स्वयं श्रीकृष्ण ने रची थी, ताकि सत्यभामा का घमंड टूट सके। नारद जी को उन्होंने इस कार्य के लिए साथ लिया था। तीनों रानियों में सत्यभामा

सबसे अधिक धनवान थीं और उन्हें अपने वैभव पर गर्व भी था। जब उन्हें पता चला कि वह फूल रुक्मिणी को दिया गया है, तो वे क्रोध से भर उठी और कोप भवन में जाकर शैया पर लेट गईं।

श्रीकृष्ण को जब यह ज्ञात हुआ तो वे उन्हें मनाने पहुँचे।

**श्रीकृष्णः** "देवी, क्या बात है? आप कोप भवन में क्यों लेटी हैं? कौन-सी बात आपको व्यथित कर रही है?"

उन्होंने प्रेमपूर्वक अपना हाथ उनके कंधे पर रखा। लेकिन सत्यभामा ने झटके से हाथ हटा दिया और मुख दूसरी ओर कर लिया।

**श्रीकृष्णः** "क्या बात है भामा? किस कारण आप हमसे नाराज़ हैं? कहिए तो सही।"

**सत्यभामाः** "स्वामी, आपने हमें पारिजात का फूल क्यों नहीं दिया? वह तो हमें ही मिलना चाहिए था। अब आपको हमारे लिए उस पारिजात का पूरा वृक्ष धरती पर लाना होगा।"

**श्रीकृष्णः** "यह संभव नहीं है देवी। उस वृक्ष को धरती पर नहीं लाया जा सकता। आप यह जिद छोड़ दीजिए।"

**सत्यभामाः** "हम कुछ नहीं जानते। यह तो आपको करना ही होगा। इसके लिए हम नारद जी को बुलाते हैं।"

सत्यभामा ने नारद जी को स्मरण किया और वे तुरंत उपस्थित हुए।

**नारदः** "नारायण, नारायण। प्रणाम प्रभु, प्रणाम देवी। कहिए, सेवक को कैसे याद किया?"

**सत्यभामाः** "नारद जी, आप तो ऐसे मुस्कुरा रहे हैं जैसे हमारी ही हँसी उड़ा रहे हों।"

**नारदः** "ऐसी कोई बात नहीं है देवी। आप आज्ञा दीजिए।"

**सत्यभामाः** "नारद जी, हमने प्रभु से पारिजात का वृक्ष धरती पर लाने को कहा। लेकिन उन्होंने कहा कि यह संभव नहीं है। अब आप ही बताइए, इसे लाने की विधि क्या है?"

**नारदः** "देवी, यदि प्रभु कह रहे हैं कि यह संभव नहीं है, तो नहीं होगा। यदि वे इसे धर्म के विरुद्ध मानते हैं, तो ऐसा ही है।"

**सत्यभामाः** "हम यह सब नहीं जानते। आप किसी भी उपाय से उस वृक्ष को धरती पर लाने का प्रबंध कीजिए।"

**नारदः** "देवी, किसी यज्ञ द्वारा उस वृक्ष को धरती पर नहीं लाया जा सकता। यज्ञ तो धरतीवासियों के लिए होता है। यदि आप जिद पर अड़ी हैं, तो आपको गणेश जी की आराधना करनी होगी और गणेश चतुर्थी का व्रत करना होगा। इसके लिए संकल्प लेना होगा। एक बार संकल्प लिया तो पीछे नहीं हट सकतीं।"

नारद जी ने मन ही मन श्रीकृष्ण से पूछा—"प्रभु, अब आगे क्या करना है?"

**श्रीकृष्णः** "हे नारद, देवी से कहिए कि वे मुझे ही संकल्प में दान करें।"

नारद जी चौंक गए—"प्रभु, देवी ऐसा संकल्प कभी नहीं करेंगी।"

**श्रीकृष्णः** "नहीं नारद, आपको मुझे ही संकल्प में माँगना होगा। तभी उनका अहंकार टूटेगा।"

नारद जी ने प्रभु का संकेत समझ लिया।

**सत्यभामाः** "नारद जी, आप मेरा व्रत पूरा करवाने की तैयारी कीजिए। मैं संकल्प लेने को तैयार हूँ।"

तभी श्रीकृष्ण वहाँ आए और बोले—

**श्रीकृष्णः** "क्या बात है देवी? आप किस व्रत की बात कर रही हैं?"

**सत्यभामाः** "स्वामी, मैं पहले ही कह चुकी हूँ कि मुझे पारिजात का वृक्ष चाहिए। उसी के लिए यह व्रत और संकल्प कर रही हूँ। मैं नारद जी की झोली हीरे-मोतियों से भरकर संकल्प पूरा करूँगी। आप स्वर्ग जाकर पारिजात का वृक्ष द्वारका लाने का प्रबंध कीजिए।"

**श्रीकृष्णः** "ठीक है देवी। जैसी आपकी इच्छा। हम अभी स्वर्ग के लिए प्रस्थान करते हैं।"

**सत्यभामाः** "जी स्वामी। लेकिन जब तक आप वृक्ष नहीं लाएँगे, तब तक हम अन्न-जल ग्रहण नहीं करेंगे।"

यह सुनकर श्रीकृष्ण वहाँ से अंतरध्यान हो गए। उनके जाने के बाद नारद जी ने गणेश चतुर्थी की पूजा प्रारंभ करवाई।

उधर श्रीकृष्ण स्वर्ग पहुँचे। इन्द्र ने उनका स्वागत किया और पूछा—

**इन्द्रः** "आइए प्रभु। कहिए, कैसे आना हुआ?"

श्रीकृष्ण ने सत्यभामा की इच्छा बताई। इन्द्र ने उन्हें पारिजात का एक फूल देना चाहा।

**श्रीकृष्णः** "नहीं इन्द्र, हमें फूल नहीं, पूरा वृक्ष चाहिए। सत्यभामा की यही इच्छा है।"

यह सुनकर इन्द्र क्रोध से भर उठे।

**इन्द्रः** "यह संभव नहीं है श्रीकृष्ण। पारिजात वृक्ष तो स्वर्ग की शोभा है। हम उसे नहीं दे सकते। चाहे इसके लिए मुझे आपसे युद्ध ही क्यों न करना पड़े।"

**श्रीकृष्णः** "तुम व्यर्थ ही क्रोध कर रहे हो। सत्यभामा ने संकल्प लिया है कि जब तक वृक्ष नहीं आएगा, वे अन्न-जल ग्रहण नहीं करेंगी। यदि उनकी इच्छा पूरी न हुई तो वे अपने प्राण त्याग सकती हैं। उसका पाप तुम पर और मुझ पर आएगा।

इसलिए मैं निवेदन करता हूँ, मुझे पारिजात का वृक्ष दे दो।"

**इन्द्रः** "मैं आपको यह वृक्ष नहीं दे सकता। यदि आप इसे लेना चाहते हैं तो मुझे युद्ध करना होगा। यदि आप मुझे पराजित कर देंगे तभी आप इसे ले जा सकते हैं। ऐसा करने से कम से कम मैं कलंकित होने से बच जाऊँगा।"

**श्रीकृष्णः** "यदि ऐसा है इन्द्र, तो पहला प्रहार आपको ही करना होगा। तभी आपके युद्ध में विजय की संभावना रह सकती है। देखो, मैंने पारिजात वृक्ष को जड़ से उखाड़ लिया है और इसे ले जा रहा हूँ। यदि रोक सकते हो तो रोक लो।"

**इन्द्रः** "ठहरिए श्रीकृष्ण। इसे ले जाने से पहले आपको मेरे वज्र के प्रहार से बचना होगा। लो, संभालो मेरा वार।"

इन्द्र ने अपना वज्र चलाया, लेकिन श्रीकृष्ण ने उसे काट दिया। दोनों में भयंकर युद्ध छिड़ गया। कुछ ही समय में इन्द्र पराजित हो गए। उनका अहंकार चकनाचूर हो गया और वे श्रीकृष्ण के चरणों में नतमस्तक होकर बोले—

**इन्द्रः** "हे श्रीकृष्ण, मैं अपनी पराजय स्वीकार करता हूँ। मैं अपने हाथों से इस वृक्ष का दान धरती को करता हूँ।"

उधर नारद जी सत्यभामा के साथ लीला कर रहे थे।

**नारदः** "देवी, आपकी पूजा तभी पूर्ण होगी जब आप संकल्प लेंगी। संकल्प में आप मुझे दान में क्या देंगी?"

**सत्यभामा:** "आप निश्चिंत रहें देवऋषि। मैं संकल्प लेती हूँ कि आप जो भी चाहेंगे, चाहे कितना भी धन या वस्तु हो, मैं उसे दूँगी।"

**नारदः** "देवी, हम तो ब्रह्मचारी योगी हैं। हमें आपके धन से क्या लेना-देना।"

**सत्यभामा:** "तो आप कुछ और माँग लीजिए। मैं संकल्प ले चुकी हूँ। आप जो भी माँगेंगे, मैं दूँगी।"

**नारदः** "देवी, एक बार फिर सोच लीजिए। जो मैं माँगूँगा, वह आपको देना होगा। वरना आपका व्रत अधूरा रह जाएगा और प्रभु को वृक्ष लाने में कठिनाई होगी।"

**सत्यभामा:** "नहीं देवऋषि, आप जो चाहें माँग लीजिए। मुझे हर हाल में वृक्ष चाहिए।"

सत्यभामा सोच रही थीं कि नारद जी धन ही माँगेंगे। उनके पास धन की कोई कमी नहीं थी। वे उतावलेपन में बार-बार सब कुछ देने की बात दोहराती रहीं।

**नारदः** "ठीक है देवी। अपनी हथेली पर जल लीजिए और मेरे पीछे-पीछे दोहराइए।"

सत्यभामा ने जल हाथ में लिया।

**नारदः** "कहिए—मैं यह संकल्प लेती हूँ।"

**सत्यभामाः** "मैं यह संकल्प लेती हूँ।"

**नारदः** "इस पूजा के बदले मैं देवऋषि नारद को..."

**सत्यभामाः** "इस पूजा के बदले मैं देवऋषि नारद को..."

**नारदः** "श्रीकृष्ण का दान देती हूँ।"

**सत्यभामाः** "श्रीकृष्ण का दान देती हूँ।"

जैसे ही उन्होंने जल गिराकर संकल्प पूरा किया, उसी क्षण श्रीकृष्ण पारिजात वृक्ष लेकर धरती पर आ पहुँचे।

**सत्यभामाः** "आइए स्वामी, आपका स्वागत और धन्यवाद है।"

**नारदः** "लीजिए देवी, आपकी पूजा सम्पन्न हो गई। अब इस वृक्ष को यहाँ स्थापित कर दीजिए।"

नारद जी ने विधि-विधान से वृक्ष का रोपण कराया। सत्यभामा ने श्रीकृष्ण से कहा—

**सत्यभामाः** "स्वामी, आप यात्रा की थकान मिटाइए। मैं आपके लिए जल और छप्पन भोग तैयार करवाती हूँ।"

तभी नारद जी बीच में बोले—

**नारदः** "नारायण, नारायण। नहीं देवी, अब यह संभव नहीं है। अब ये आपके स्वामी नहीं, मेरे दास हैं। आपने स्वयं अपने हाथों से इन्हें दान कर दिया है। अब इन पर आपका कोई अधिकार नहीं रहा। महाराज अब मेरे साथ मेरी कुटिया में रहेंगे।"

यह सुनकर सत्यभामा विचलित हो उठीं।

**सत्यभामाः** "नहीं नारद जी, यह मैं कभी नहीं होने दूँगी। मेरे रहते मेरे स्वामी महल छोड़कर कुटिया में रहें, यह असंभव है।"

**नारदः** "नारायण, नारायण। यह तो अब हो कर रहेगा।"

नारद जी मुस्कुराते हुए श्रीकृष्ण को लेकर अपनी कुटिया की ओर चले गए। सत्यभामा क्रोध में उनके पीछे-पीछे चल पड़ीं। वे सोच रही थीं कि देखूँ, नारद जी ने मेरे स्वामी के रहने का क्या प्रबंध किया है।

नारद जी ने देखा कि सत्यभामा क्रोध में आ रही हैं। उन्होंने प्रभु से कहा—

**नारदः** "नारायण, नारायण। प्रभु, देवी तो बहुत आवेग में आ रही हैं। अब क्या किया जाए? मैं तो पलायन करता हूँ।"

श्रीकृष्ण ने उनका हाथ थाम लिया और बोले—

**श्रीकृष्णः** "नारद जी, आप कहाँ जा रहे हैं? यदि आप ऐसा करेंगे तो सत्यभामा समझ जाएँगी कि यह सब हमारी मिली भगत है। जल्दी कुछ उपाय बताइए।"

**नारदः** "प्रभु, अब मैं क्या कहूँ। आप एक काम कीजिए—वहाँ सिलबट्टा रखा है और

धनिया पड़ा है। आप चटनी पीसना शुरू कर दीजिए।"

कहा जाता है कि तभी से श्रीकृष्ण का एक नाम "महाराज" पड़ा, क्योंकि उन्होंने उस समय रसोइये का कार्य किया था।

कुछ ही देर में सत्यभामा नारद जी की कुटिया में पहुँचीं।

**नारदः** "नारायण, नारायण। आइए देवी सत्यभामा, मेरी कुटिया में आपका स्वागत है। यहाँ आसन ग्रहण कीजिए।"

सत्यभामा का ध्यान केवल श्रीकृष्ण पर था, जो रसोई में चटनी पीस रहे थे। उन्हें देखकर उनका मन रुआँसा हो गया। वे सोचने लगीं—"द्वारकाधीश का यह हाल हो गया है। मैंने अपने स्वामी का दान करके बहुत बड़ी गलती कर दी।"

तभी श्रीकृष्ण बोले—

**श्रीकृष्णः** "स्वामी, चटनी तो पीस दी है। अब और क्या आज्ञा है?"

**नारदः** "ठीक है दास, अब झूठे बर्तन साफ कर लो।"

**श्रीकृष्णः** "जैसी आज्ञा स्वामी।"

श्रीकृष्ण जैसे ही बर्तन साफ करने लगे, सत्यभामा तेज़ कदमों से उनके पास पहुँचीं। उन्होंने उनके हाथ से बर्तन लेकर कहा—

**सत्यभामाः** "नहीं स्वामी, मैं आपको यह सब नहीं करने दूँगी। कृपया मुझे क्षमा कर दीजिए।"

**श्रीकृष्णः** "नहीं भामा। यदि क्षमा माँगनी है तो नारद जी से माँगिए। मैं तो उनका दास हूँ। वे जो भी कार्य कहेंगे, मुझे करना ही होगा।"

सत्यभामा बिलखते हुए नारद जी से बोलीं—

**सत्यभामाः** "नारद जी, मैं आपके आगे हाथ जोड़ती हूँ। मेरे स्वामी को मुक्त कर दीजिए। इसके बदले जितनी भी धन-दौलत आप चाहेंगे, मैं देने को वचनबद्ध हूँ। लेकिन कृपा कर मेरे स्वामी को दासत्व से मुक्त कर दीजिए।"

**नारदः** "नारायण, नारायण। देवी, यदि आप इतना कह रही हैं तो विचार करता हूँ। लेकिन ध्यान रहे, अपने स्वामी को पुनः पाने के लिए आपको एक और संकल्प लेना होगा। सोच-समझकर उत्तर दीजिए।"

**सत्यभामाः** "मुझे आपकी हर शर्त स्वीकार है। कहिए, मुझे क्या करना होगा?"

**नारदः** "तो चलिए, हम कृष्ण को द्वारका लेकर चलते हैं। वहाँ रुक्मिणी देवी, जामवंती देवी और आपकी प्रजा भी होगी। सबके सामने आपका संकल्प कराया जाएगा।"

**सत्यभामाः** "जी ठीक है। मैं श्रीकृष्ण की पत्नी होने के नाते वचन देती हूँ कि आप जो भी माँगेंगे, मैं दूँगी।"

कुछ ही देर में तीनों द्वारका पहुँचे।

**नारदः** "देवी, आपने मुझे वचन दिया है। अब मैं जो माँगूँगा, वह आपको देना होगा।"

**सत्यभामाः** "जी नारद जी, कहिए आपको क्या चाहिए।"

**नारदः** "नारायण, नारायण। यदि आप चाहती हैं कि मैं आपके स्वामी को दासत्व से मुक्त कर दूँ, तो आपको उनके वज़न के बराबर सोना, चाँदी, हीरे-मोती देने होंगे।"

नारद जी के वचन सुनकर सब हैरान रह गए। कोई नहीं जानता था कि यह सब श्रीकृष्ण की माया थी। उन्होंने यह लीला सत्यभामा के अहंकार को तोड़ने के लिए रची थी। सत्यभामा धन-वैभव के गर्व में डूबी रहती थीं और ईर्ष्या-द्वेष से ग्रस्त थीं। आज वे इस माया-जाल में फँस गईं।

**सत्यभामाः** "मैं तैयार हूँ। आप स्वामी को तोलने की व्यवस्था कीजिए।"

नगर के बीचों-बीच एक विशाल तराज़ू लगाया गया। एक पलड़े में श्रीकृष्ण को बैठाया गया। सत्यभामा अपने घर से धन के भंडार लाईं और दूसरे पलड़े में रखवाने लगीं। लेकिन श्रीकृष्ण का पलड़ा झुकने का नाम ही नहीं ले रहा था। वे मुस्कुराते हुए बैठे रहे।

सत्यभामा यह समझ नहीं पा रही थीं कि श्रीकृष्ण धन के नहीं, प्रेम के भूखे हैं। यही ज्ञान इस कथा का सार है—श्रीहरि नारायण को केवल प्रेम से पाया जा सकता है।

रुक्मिणी मन ही मन प्रभु से प्रार्थना कर रही थीं—"हे स्वामी, यह कैसी लीला है? आपको धन से तोला नहीं जा सकता। कृपा कर सत्यभामा की परीक्षा समाप्त कीजिए।"

लेकिन श्रीकृष्ण ने उन्हें शांत रहने का संकेत दिया—"देवी, यह परीक्षा प्राणी के अहंकार को समाप्त करने के लिए है। प्राणी इसे पीड़ा समझता है, परंतु यही पीड़ा उसे अंधकार से प्रकाश की ओर ले जाती है। पाँचों तत्वों में प्रकाश ही श्रेष्ठ है। बिना प्रकाश जीवन नर्क समान होता है।"

रुक्मिणी बार-बार निवेदन करती रहीं—"सत्यभामा हमारी छोटी बहन समान है। कृपा कर उसे क्षमा कर दीजिए।"

**श्रीकृष्णः** "देवी, अभी तो परीक्षा आरंभ हुई है। नारद जी के वचन हमें निभाने ही होंगे। आप निश्चिंत रहिए, किसी का अनिष्ट नहीं होगा।"

**!!अध्याय समाप्त!!**

# 11

# अहंकार का अंत और मोहन की तपस्या

सत्यभामा अपनी तिजोरियों से एक-एक कर बहुमूल्य रत्न, हीरे, मोती और अन्य खजाने निकालकर तराजू के पलड़े में रख रही थीं। लेकिन आश्चर्य की बात यह थी कि उसका कोई प्रभाव नहीं पड़ रहा था। पलड़ा टस से मस नहीं हुआ। धीरे-धीरे उनके सभी खजाने खाली हो गए, परंतु परिणाम वही रहा।

**नारद जी:** "देवी, अब तो आपको अपने पहने हुए आभूषण भी उतारकर देने होंगे।"

सत्यभामा की आँखों में आँसू भर आए। भारी मन से उन्होंने अपने गहने उतारकर पलड़े में रखना शुरू किया। उनके मन में भय था—"यदि यह सब देने के बाद भी पलड़ा नहीं हिला, तो मैं हार जाऊँगी। मेरा संकल्प टूट जाएगा और नारद जी मेरे स्वामी को पुनः दास बना ले जाएँगे।"

डर और निराशा से भरी सत्यभामा रुक्मिणी जी के पास पहुँचीं।

**सत्यभामा:** "दीदी, मुझे क्षमा कर दीजिए। अब यह सब देखा नहीं जा रहा। आप ही कोई उपाय बताइये कि मैं इस संकट से कैसे निकलूँ। अपनी छोटी बहन पर दया कीजिए।"

रुक्मिणी ने उसके जुड़े हुए हाथ थामे और तराजू के पास चलीं।

**सत्यभामा:** "दीदी, आप तो खाली हाथ जा रही हैं। क्या आपका धन रथ पर है? पहले उसे मँगवा लीजिए।"

**रुक्मिणी:** "अरी पगली, किसे धन-दौलत से तोलने चली हो? वे स्वयं त्रिलोकिनाथ हैं, तीनों लोकों का भार उठाने वाले। भला उन्हें कोई धन से कैसे तोल सकता है?

यदि पूरी दुनिया का धन भी रख दो, तब भी उनका पलड़ा नहीं हिलेगा।"

**सत्यभामा:** "तो फिर इस संकट का निवारण कैसे होगा? क्या मैं स्वयं पलड़े पर बैठ जाऊँ?"

**रुक्मिणी:** "लेकिन तुमने तो धन से तोलने का संकल्प लिया था।"

**सत्यभामा:** "तो फिर क्या किया जाए? मैं कुछ समझ नहीं पा रही हूँ।"

**रुक्मिणी:** "पगली, समझो कि स्वामी तो प्रेम के भूखे हैं। धन से वे कभी तुल नहीं सकते। उन्हें पाने के लिए प्रेम चाहिए।"

**सत्यभामा:** "तो क्या आप कह रही हैं कि हम उनसे प्रेम नहीं करते? हम भी तो उतना ही प्रेम करते हैं जितना आप और जामवंती करती हैं।"

रुक्मिणी ने प्रभु की ओर मुख किया और मन ही मन प्रार्थना की—"हे प्रभु, अब इस लीला को समाप्त कीजिए और कोई उपाय बताइये जिससे सत्यभामा शांत हो सके।"

प्रभु मुस्कुराए और बोले—

**श्रीकृष्ण:** "देवी, वह वस्तु पलड़े पर रख दो जो मुझे सबसे प्रिय है। मेरा भार हल्का हो जाएगा और सत्यभामा का संकल्प भी पूर्ण होगा।"

रुक्मिणी सोच में पड़ गईं—"प्रभु किस वस्तु की बात कर रहे हैं?" तभी सत्यभामा ने उन्हें पुकारा।

**सत्यभामा:** "दीदी, आप किस सोच में हैं? जल्दी बताइये कि प्रभु को कैसे पाया जा सकता है। आप किस प्रेम की बात कर रही थीं? समय बीत रहा है।"

**रुक्मिणी:** "प्रिय भामा, सबसे पहले प्राणी को ईर्ष्या, द्वेष, अहंकार, लोभ, मोह और माया का त्याग करना होता है। ये सब प्यार में आते हैं और प्यार सदैव नश्वर वस्तुओं से होता है। इनसे लगाव रखने वाला अंत में पश्चाताप करता है। इसके विपरीत प्रेम से तो संगमरमर जैसे पत्थर भी पिघल जाते हैं। प्रेम केवल प्रभु से किया जाता है और वे उसी से प्रसन्न होते हैं। समझो, यदि हिमालय पर्वत भी पलड़े पर रख दो, तब भी प्रभु नहीं हिलेंगे। तुम्हारी धन-दौलत तो गिनती में भी नहीं है।"

रुक्मिणी की बात सुनकर सत्यभामा रोने लगी।

**सत्यभामा:** "बस दीदी, मैं अपने किए पर शर्मिंदा हूँ। मैं द्वारकाधीश से नतमस्तक होकर क्षमा माँगती हूँ। आज मैं अपने सभी अहंकार और भावों का त्याग करती हूँ। अब बताइये, मैं पलड़े में कौन-सी वस्तु रखूँ जिससे प्रभु प्रसन्न हों। क्या वह आप हैं? यदि उनका प्रेम सबसे अधिक आपसे है, तो आप ही पलड़े में बैठ जाइए।"

**रुक्मिणी:** "बहन, तुम फिर भूल कर रही हो। तुम्हारे भीतर ईर्ष्या का भाव अभी भी शेष है।"

**नारद जी:** "नारायण, नारायण। देवी रुक्मिणी, आप तो साक्षात लक्ष्मी हैं। अब सत्यभामा की और परीक्षा मत लीजिए। कहीं ऐसा न हो कि उनका संयम टूट जाए। जल्दी उपाय बताइये।"

**रुक्मिणी:** "जैसी हरी इच्छा।"

इतना कहकर रुक्मिणी ने अपने हाथ से एक तुलसी का पत्ता प्रेमपूर्वक पलड़े में रखा और प्रभु से अंतःकरण से प्रार्थना की—"हे प्रभु, अब अपनी लीला समाप्त कीजिए।"

तुरंत श्रीकृष्ण ने अपना भार हल्का कर लिया और दोनों पलड़े बराबर हो गए। उसी क्षण सत्यभामा का अहंकार चकनाचूर हो गया। वह प्रभु के चरणों में गिर पड़ी और उठने का नाम नहीं ले रही थी। उस समय उसने सच्चे प्रेम को प्राप्त कर लिया।

प्रभु ने उसे उठाया और बोले—

**श्रीकृष्ण:** "उठो भामा। यह सब मेरी ही माया थी। नारद जी ने केवल मेरा साथ दिया। मैंने यह लीला तुम्हारा अहंकार नष्ट करने के लिए रची थी, ताकि तुम भी रुक्मिणी और जामवंती जैसी भावनाएँ रखने वाली बन सको।"

उधर कथा सुन रहे चरवाहे ने भावविभोर होकर कहा—

**चरवाहा:** "वाह भैया मोहन, ऐसा सत्संग मैंने पहले कभी नहीं सुना। आप तो अत्यंत भाव से सत्संग करते हैं। आज तो आनंद आ गया। आपके माध्यम से मैं धन्य हो गया। मैं अनपढ़ ग्वाला हूँ, कभी इतना गहरा ज्ञान सुनने का अवसर नहीं मिला। आज आपने मुझ पर बड़ी कृपा की है। कोटि-कोटि प्रणाम।"

**मोहन:** "यह सब ईश्वर की कृपा से होता है। चलो भैया, अब हमें आगे बढ़ना है।"

**चरवाहा:** "लेकिन मोहन भैया, आगे तो घना जंगल है। आबादी का कोई निशान नहीं। मेरी मानिए, आप कल सुबह यहाँ से निकलना। पास ही मेरी झोंपड़ी है। यदि चाहो तो रात वहीं गुजार सकते हो।"

**मोहन:** "ठीक है, हम तुम्हारी झोंपड़ी पर ही चलते हैं।"

दोनों वहाँ पहुँचे और कुशा का आसन जमाकर लेट गए। चरवाहा अत्यंत प्रसन्न था। उसके मन में प्रश्नों का समुद्र उमड़ रहा था। कुछ देर बाद उसने कहा—

**चरवाहा:** "मोहन भैया, यदि आपको बुरा न लगे तो क्या मैं आपसे कुछ पूछ सकता हूँ?"

**मोहन:** "हाँ भाई, पूछो।"

**चरवाहा:** "भैया, क्या मेरे भाग्य में केवल जानवरों को चराना ही लिखा था? वैसे

भाग्य लिखता कौन है?"

**मोहन:** "भैया, तुम्हारा प्रश्न बहुत सुंदर है। इसका उत्तर मैं देता हूँ। भाग्य तो बै माता लिखती हैं। जैसे ज्ञान की देवी सरस्वती माता होती हैं, धन की देवी लक्ष्मी जी होती हैं, हर संकट से रक्षा करने वाली काली माता होती हैं और तामसी गुणों से बचाने वाली दुर्गा माता होती हैं।"

**चरवाहा:** "मोहन भैया, कुछ और ज्ञान की बातें बताइये। आपके मुख से ज्ञान सुनना ऐसा लगता है जैसे स्वयं ईश्वर ही मुझे उपदेश दे रहे हों।"

**मोहन:** "तो सुनो भैया। मान लो कि एक परिवार में पाँच सदस्य हैं—माता-पिता और उनकी तीन संतानें। अब देखो, सभी बच्चों ने एक ही माता-पिता से जन्म लिया है, लेकिन सबका भाग्य अलग होता है। सबके विचार अलग होते हैं, स्वभाव अलग होता है। इसका कारण यही है कि हर प्राणी अपने पिछले जन्मों के कर्मों को भोगने के लिए ही जन्म लेता है।

प्राणी केवल चोला बदलता है। उसका शरीर नष्ट होता है, लेकिन आत्मा कभी नहीं मरती। आत्मा अजर-अमर है। प्राणी के कर्मों का लेखा-जोखा ईश्वर के पास सुरक्षित रहता है। उसमें कभी त्रुटि नहीं होती।

प्राणी स्वयं को बहुत बुद्धिमान समझता है। वह सोचता है कि जब वह छिपकर कोई कर्म करेगा तो उसे कोई नहीं देख पाएगा। लेकिन यही उसकी सबसे बड़ी भूल होती है। ईश्वर से कुछ भी छिपा नहीं रहता।"

**चरवाहा:** "वो कैसे भैया?"

**मोहन:** "चलो समझाता हूँ। ईश्वर पाँचों तत्वों के बिना जीवित नहीं रह सकते और ये पाँचों तत्व उनके ही अधीन हैं। जैसे प्राणी की सभी इंद्रियों का संचालन स्वयं शिव करते हैं, जो प्रत्येक प्राणी की त्रिकुटी में वास करते हैं।

इसीलिए जब आप मंदिर में माथा टेकते हैं तो पंडित जी आपके ललाट पर तिलक लगाते हैं। वह तिलक प्रभु शिव का अभिनंदन होता है, क्योंकि वही आपकी इंद्रियों का संचालन करते हैं और जीवन को चलाने में सहायता करते हैं।

अब मैं बताता हूँ कि ईश्वर को प्राणी के हर कार्य का ज्ञान कैसे हो जाता है।"

**चरवाहा:** "भैया, यह तो अद्भुत बात है। जल्दी बताइये कि ईश्वर को कैसे पता चलता है कि हम किस समय क्या कर रहे हैं।"

**मोहन:** "धीरज रखो भाई। सुनो। पाँच तत्वों में से एक है प्रकाश—सूर्य देव की रोशनी। उनकी किरणें संसार के कोने-कोने तक पहुँचती हैं। चाहे मनुष्य हो, जीव-जंतु हों, कीट-पतंगे हों या सूक्ष्म जीव—उनकी किरणें सब तक पहुँचती हैं। इन्हीं किरणों के माध्यम से प्रत्येक जीव की बातें ईश्वर तक पहुँच जाती हैं।"

**चरवाहा:** "लेकिन मोहन भैया, ईश्वर प्रत्येक प्राणी को पहचानते कैसे हैं? एक नाम या एक शक्ल के कई लोग हो सकते हैं। फिर ईश्वर को कैसे पता चलता होगा कि कौन-सा प्राणी कौन-सा कर्म कर रहा है?"

**मोहन:** "भैया, आपकी जिज्ञासा चरम पर है। सुनो। ईश्वर ने ही सभी प्राणियों की रचना की है। हमें लगता है कि लोग एक जैसे दिखते हैं या नाम समान होते हैं, लेकिन ईश्वर के लिए प्रत्येक जीव अलग है। उनके हिसाब में कभी त्रुटि नहीं होती।

हर जीव का खाता अलग लिखा जाता है। इसलिए प्रत्येक प्राणी के कर्म भी अलग होते हैं और उनके परिणाम भी अलग होते हैं। कुछ प्राणियों को ईश्वर इसी जन्म में ही उनके कर्मों का फल दे देते हैं। कुछ को शरीर छोड़ने के बाद दंड भुगतना पड़ता है।

इसीलिए हर प्राणी की जीवन अवधि भी अलग होती है। प्राणी का एक ही कर्म है—जीवन रहते हुए ईश्वर से जुड़ने का प्रयास करना।"

**मोहन:** "अब मैं तुम्हें परिवार का उदाहरण पूरा करता हूँ। एक ही परिवार के बच्चों की बुद्धि अलग होती है। एक पुत्र के भाग्य में राजयोग होता है। वह पढ़-लिखकर विद्वान बनता है, ऊँचे पद पर कार्य करता है और धन व सम्मान कमाता है। दूसरा पुत्र आलसी होता है, कुछ काम नहीं करता और जीवन को सार्थक बनाने का प्रयास भी नहीं करता।

जो पुत्र कमाता है, वही पूरे परिवार का पालन करता है और सबके सुख-दुख का ध्यान रखता है। यह सब कर्मों का खेल है।"

**चरवाहा:** "जी मोहन भैया, मैं समझ गया कि ईश्वर ने मेरे भाग्य में पशुपालन ही लिखा है। मुझे इसे ईश्वर का दिया हुआ कार्य मानकर करना चाहिए। भाग्य से ऊपर कोई इंसान कुछ नहीं पा सकता। भैया, आपका बहुत धन्यवाद जो आपने मुझे ईश्वर के कर्मों का ज्ञान दिया। राम राम भैया, अब आप भी विश्राम कीजिए।"

मोहन कुशा के आसन पर लेट गया। लेकिन उसके मन में केवल अपने गुरु की तलाश की बात घूम रही थी।

भोर होते ही मोहन उठा और चरवाहे की झोंपड़ी से आगे की यात्रा पर निकल पड़ा। उसने जंगल की ओर कदम बढ़ाए। रास्ता कठिन था, लेकिन उसका विश्वास दृढ़ था। वह जानता था कि यदि अपने इरादे पर कायम रहेगा तो मंजिल अवश्य मिलेगी।

वह नदी-नालों और पहाड़ों को पार करता रहा। बीच-बीच में विश्राम करता और फिर आगे बढ़ता। उसके पास केवल एक कमली, एक लाठी, कुछ कपड़े और थोड़ा-सा भोजन था।

एक दिन उसने बड़ी चट्टान की ओट में शरण ली। वहाँ उसने सामान रखा और जंगल से सूखी लकड़ियाँ बटोरकर आग जलाई। वह जानता था कि आग उसे जानवरों से बचाएगी और ठंड से भी राहत देगी।

अकेलेपन को दूर करने के लिए उसने सिमरन शुरू किया। कुछ ही देर में उसके चारों ओर एक ओरा बन गया जो उसका सुरक्षा कवच था। फिर उसे नींद आ गई।

सुबह उठकर उसने देखा कि आग बुझ चुकी थी, लेकिन उसमें अभी भी गर्माहट थी। उसे भूख लगी थी। उसने जल का प्रबंध किया और झोले से आटा निकालकर नमक मिलाकर गूँथा। दो पेड़े बनाए और आग में सेक लिए।

इसी तरह वह हर रोज कहीं न कहीं डेरा डालता और भोजन बनाता। कई दिन बीत गए। चारों ओर जंगल, पहाड़ और मैदान ही थे। आबादी का कोई निशान नहीं था।

कई बार उसके मन में घर लौटने की बात आई। लेकिन उसे अपनी कुंडली की बात याद आती और गुरुजी से मिलने की इच्छा उसका साहस बनाए रखती। उसे विश्वास था कि ईश्वर उसे सफल करेंगे, क्योंकि उसकी लगन सच्ची थी।

दिन बीतते गए और उसका राशन समाप्त हो गया। अब वह केवल जल पीकर गुज़ारा करने लगा। उसकी ताकत घटने लगी, लेकिन विश्वास अडिग रहा।

एक दिन संध्या समय वह थककर एक पेड़ के नीचे बैठ गया। भूख से बेहाल होकर उसने ईश्वर से कहा—

**मोहनः** "हे सच्चिदानंद, हे पालनहार। मैंने सुना था कि आप सबको भोजन देते हैं। फिर आपका भक्त आज भूखा क्यों है? मैं कई दिनों से भूखा सो रहा हूँ। क्या मेरे लिए आपके पास कुछ नहीं है? आज तो जल तक का प्रबंध नहीं हुआ। क्या मेरा सपना अधूरा रह जाएगा? क्या मैं अपने गुरुजी को कभी नहीं पा सकूँगा? क्या मेरा प्राण अंत ऐसे ही हो जाएगा? फिर तो मेरा यह जन्म भी मिथ्या हो जाएगा।"

मोहन बदहवास होकर स्वयं से बातें कर रहा था। तभी उसने बहुत-सी चिड़ियों की चहचहाहट सुनी। उसके मन में विचार आया—"जहाँ पक्षी होते हैं, वहाँ पास ही कोई बस्ती अवश्य होती है।" लेकिन अब वह इतना निढाल हो चुका था कि बिना भोजन और जल के एक कदम भी चलना उसके लिए असंभव था।

उसने सोचा—"शायद यह मेरी ही किसी गलती का परिणाम है। वरना ईश्वर तो कभी किसी को भूखा नहीं सुलाते। चलो, जैसी ईश्वर की इच्छा।"

मोहन ने अपनी कमली एक ओर रख दी और दोनों हाथ फैलाकर ईश्वर का सिमरन करने लगा। परंतु भूख उसे बार-बार विचलित कर रही थी। वह सोचने लगा—"आज तो प्राण अंत निश्चित है। लेकिन यदि सिमरन करते हुए प्राण निकल

जाएँ, तो ईश्वर की शरण मिलना निश्चित है।"

जैसे ही उसने यह विचार मन में दृढ़ किया और भूख को भूलकर सिमरन में लीन हुआ, तभी ऊपर से दो अमरूद उसकी झोली में आ गिरे। उसने ऊपर देखा तो दो तोते वहाँ बैठे थे। वे उत्तर दिशा की ओर उड़कर गए और फिर दक्षिण दिशा की ओर विलीन हो गए।

मोहन ने हाथ जोड़कर उन तोतों और ईश्वर का धन्यवाद किया—"आज ईश्वर ने तोतों का रूप धारण कर मेरे प्राण बचाए।"

उसने एक अमरूद खाया और उसका पेट भर गया। साथ ही प्यास भी शांत हो गई। दूसरा अमरूद उसने आगे के लिए सुरक्षित रख लिया। उस रात वह शांति से सो गया।

अगली सुबह उठकर उसने ईश्वर का सिमरन किया और सोचा—"ईश्वर ने न केवल मेरा पेट भरा, बल्कि आगे का मार्ग भी प्रशस्त कर दिया है। क्यों न मैं उसी दिशा में चलूँ, जिस ओर पक्षी उड़ गए थे।"

मोहन उसी दिशा में चल पड़ा। चलते-चलते उसे एक ऊँचा पहाड़ मिला। पक्षियों की चहचहाहट सुनकर उसे शांति मिली। उसने सोचा—"यदि इतने पक्षी यहाँ रहते हैं, तो पास ही बस्ती होगी। शायद मेरे गुरुदेव भी वहीं मिल जाएँ।"

आगे बढ़ते हुए उसे पहाड़ से जल की धारा मिली, जिससे नीचे तालाब बन गया था। उसने सोचा—"तालाब है तो जानवर भी आते होंगे। अंधेरा होने से पहले सुरक्षा हेतु ऊपर चढ़ना होगा।"

चढ़ते हुए उसने कई पेड़ देखे जिन पर फल लगे थे। एक बेरी का पेड़ था, जिसके फल नीचे गिरे थे। पास ही अमरूद का पेड़ भी था। उसने समझा कि तोते इन्हीं पेड़ों पर आते होंगे और आधे खाए फल गिरा देते होंगे।

मोहन और ऊपर चढ़ता गया। उसे कहीं आग के निशान दिखे। उसने सोचा—"शायद यहाँ साधु-संतों ने डेरा जमाया होगा। हो सकता है मेरे गुरुदेव भी यहीं तपस्या करते हों।"

उस ऊँचे पहाड़ को पार करने में उसे कई सप्ताह लगे। अंततः वह शिखर पर पहुँचा और चारों ओर देखा। लेकिन उसे केवल जंगल ही दिखाई दिया। इंसानी बस्ती का कोई निशान नहीं था। उसने सोचा—"अब पहाड़ के दूसरी ओर उतरना होगा। यदि ईश्वर बेर जैसे और भी फल देते रहे तो मैं अपने गुरुजी तक पहुँच सकूँगा।"

धीरे-धीरे वह नीचे उतरा। वहाँ उसने एक निर्मल नदी देखी। उसे अंदाज़ा नहीं था कि नदी कितनी गहरी है। उसने एक लंबी डंडी तोड़ी और नदी की गहराई नापी।

नदी केवल 2-3 फुट गहरी थी। उसने नदी पार कर ली।

दूसरे किनारे पहुँचकर उसने स्नान किया, जल पिया और धूप में बैठकर स्वयं को सुखाया। आस-पास अमरूद और आम के वृक्ष थे। उसने फल खाए और पूजा-अर्चना की।

फिर वह नदी के किनारे-किनारे चलने लगा। उसके मन में विचार था—"शायद यहाँ किसी मनुष्य से भेंट हो जाए। क्या पता मेरे गुरुदेव ही मिल जाएँ।"

नदी के किनारे बाजरे के पौधे लगे थे। उसने सोचा—"ये पक्षियों की बीट से उगे होंगे।"

संध्या होते ही उसने वहीं डेरा जमाया। घास और लकड़ी से आग जलाई और सिमरन में बैठ गया। सिमरन करते हुए उसे कभी यह एहसास नहीं होता था कि वह अकेला है। उसे लगता था कि ईश्वर सदैव उसके साथ हैं।

**!!अध्याय समाप्त!!**

# 12

# गांधारी का श्राप, राधा-कृष्ण का विरह और मोहन की गुरु-प्राप्ति

वह चाँदनी रात थी। आकाश में असंख्य तारे झिलमिला रहे थे। मोहन बैठा-बैठा भगवान श्रीकृष्ण की स्मृतियों में खो गया। उनके दिव्य लीलाओं को याद करते हुए उसकी आँखें भर आईं। उसे कवियों की वे वाणियाँ भी याद आने लगीं जो श्रीकृष्ण के संदर्भ में लिखी गई थीं।

सोचते-सोचते उसका मन महाभारत काल में पहुँच गया। वह विचार करने लगा—"इस ब्रह्मांड में ऐसा कुछ भी नहीं है जो श्रीकृष्ण के लिए असंभव हो। यदि वे चाहते तो महाभारत का युद्ध कभी होता ही नहीं। लेकिन धर्म किसी भी कीमत पर हार नहीं सकता। जब-जब इस धरती पर धर्म की हानि होती है, ईश्वर स्वयं अवतरित होकर अधर्म का विनाश करते हैं।"

लोग जानते थे कि ईश्वर को हराना असंभव है, फिर भी कुछ अधर्म का साथ देने खड़े हो गए। वे भूल गए कि सृष्टि का संचालन ईश्वर करते हैं, कोई साधारण प्राणी नहीं। पाँचों तत्वों की उत्पत्ति भी उन्हीं से हुई है। धर्म ही संसार का आधार है, और अधर्म उसका विपरीत।

इन्हीं अधर्मी लोगों के कारण महाभारत जैसा भीषण युद्ध हुआ। अंततः अधर्म का साथ देने वाले सभी नष्ट हो गए। इतना बड़ा विनाश पहले कभी नहीं हुआ था।

मोहन सोचने लगा—"महाभारत के युग और आज के युग में कोई विशेष अंतर नहीं है। उस समय भी भीष्म पितामह जैसे विद्वान और गुरुजन अधर्म के साथ खड़े थे। उनकी बुद्धि का हरण हो चुका था। यदि वे समझ जाते कि श्रीकृष्ण ही सृष्टि के कर्ता-धर्ता हैं, तो कभी उनके विरुद्ध युद्ध का विचार न करते।"

युद्ध के बाद गांधारी अपने सौ पुत्रों के शवों पर विलाप कर रही थीं। उन्होंने श्रीकृष्ण को पुकारा।

**गांधारी:** "हे कृष्ण, यदि तुम चाहते तो ऐसा कभी नहीं होता। मेरे सौ पुत्र जीवित रहते। लेकिन तुमने ऐसा नहीं किया।"

**श्रीकृष्ण:** "हे देवी, यह सब विधाता की इच्छा अनुसार हुआ है। मैं इसे रोक नहीं सकता था।"

गांधारी क्रोध से भर उठीं।

**गांधारी:** "तुम्हारे कारण मेरे पूरे वंश का नाश हुआ। अतः मैं तुम्हें श्राप देती हूँ कि जिस प्रकार मेरा वंश नष्ट हुआ, उसी प्रकार तुम्हारे वंश का भी सर्वनाश होगा।"

**श्रीकृष्ण:** (मुस्कुराते हुए) "हे देवी, मुझे आपका श्राप स्वीकार है। तथास्तु।"

गांधारी यह नहीं समझ पाईं कि श्रीकृष्ण स्वयं श्रीहरि नारायण हैं। जब-जब पाप बढ़ता है, वे अवतार लेकर ऐसी लीला रचते हैं कि पापी स्वयं ही एक-दूसरे का विनाश कर डालते हैं।

मोहन का ध्यान अब राधा-कृष्ण के प्रेम की ओर चला गया।

कहा जाता है कि श्रीकृष्ण ने अपने प्राण सोमनाथ के पास प्रभास पाटन में त्यागे। एक दिन वे पीपल के वृक्ष के नीचे चतुर्भुज रूप में विश्राम कर रहे थे। उनके चरणों में पद्मचिह्न सूर्य से भी अधिक दमक रहा था। तभी जरा नामक भील ने हिरण समझकर तीर चलाया, जो श्रीकृष्ण के चरणों में लगा।

भील रोने लगा—"हे प्रभु, मुझे क्षमा कर दीजिए। यह अपराध मुझे कभी मुक्ति नहीं देगा।"

**श्रीकृष्ण:** "तुमने कोई अपराध नहीं किया। तुमने मुझे गांधारी के श्राप से मुक्त किया है। इसके बदले तुम्हें स्वर्गलोक में स्थान मिलेगा।"

कहा जाता है कि उस भील को मृत्यु के पश्चात स्वर्ग प्राप्त हुआ।

श्रीकृष्ण के देहत्याग के बाद द्वारका जल में विलीन हो गई।

मोहन की स्मृति अब राधा-कृष्ण के विरह की ओर मुड़ गई।

जब श्रीकृष्ण मथुरा छोड़ने लगे तो राधा ने उनका मार्ग रोका।

**राधा:** "आप यहाँ से क्यूँ जा रहे हैं? आप तो मुझे भी छोड़ देंगे। क्या अब किसी और से प्रेम करेंगे?"

**श्रीकृष्णः** (मुस्कुराते हुए) "हे राधे, यह संभव नहीं है। प्रेम तो मैं केवल तुमसे करता हूँ। शरीर नष्ट होगा, पर तुम मेरी आत्मा में समाहित हो।"

**राधाः** "यदि मुझसे ही प्रेम करते हो तो मुझे छोड़कर क्यूँ जा रहे हो?"

**श्रीकृष्णः** "कहो राधा, क्या चाहती हो?"

**राधाः** "बस मुझे छोड़कर मत जाओ।"

**श्रीकृष्णः** "ठीक है राधे, तुम मेरे साथ मेरे गोलोक में निवास करना।"

राधा ने आँखें बंद कीं और देखा कि वे दोनों रथ पर सवार होकर ब्रह्मांड की सैर कर रहे हैं।

**राधाः** "हे कृष्ण, यह कौन-सा लोक है?"

**श्रीकृष्णः** "हे राधे, यह मेरा लोक है। यही गोलोक है।"

गोलोक स्वर्ग से भी अधिक सुंदर था। वहाँ जो पहुँचता है, वह पुनः जन्म नहीं लेता।

श्रीकृष्ण ने राधा से कहा—"अब तुम इसी लोक में वास करो।"

**राधाः** "आप जहाँ रहेंगे, मेरा वास वहीं होगा।"

लेकिन अचानक श्रीकृष्ण अंतर्ध्यान हो गए। राधा ने आँखें खोलीं तो वे वहाँ नहीं थे। वे द्‌वारका पहुँच चुके थे।

राधा उनकी जुदाई का गम सहन नहीं कर पाईं। उन्होंने भोजन-जल त्याग दिया और दिन-रात कान्हा को पुकारती रहीं।

जब उनकी स्थिति अत्यंत खराब हो गई तो श्रीकृष्ण स्वयं उनके पास आए।

**श्रीकृष्णः** "राधे, क्या बात है? क्या तुम्हें मेरा गोलोक रास नहीं आया? तुम उसे छोड़कर मृत्युलोक के वृंदावन में क्यूँ लौट आईं?"

**राधाः** (प्रेम से) "हे कान्हा, आप आ गए। रहा प्रश्न आपके लोक को छोड़ने का, तो मेरा वहाँ क्या काम जहाँ आप न हों।"

श्रीकृष्ण ने अत्यंत प्रेम भाव से राधा की ओर देखा और बोले—

**श्रीकृष्णः** "राधे, मैं तो कभी भी तुमसे दूर नहीं हो सकता। मैं सदैव तुम्हारे पास ही रहता हूँ। लेकिन आज मुझे ऐसा प्रतीत हो रहा है कि तुम्हारे मन में मुझसे कुछ माँगने की इच्छा है। कहो राधे, तुम्हारी क्या इच्छा है? आज से मैं तुम्हारा हुआ।"

**राधाः** "आज तो बिना माँगे ही मुझे सब कुछ प्राप्त हो गया। लेकिन यदि तुम कह रहे हो कि माँगूँ, तो बताओ—क्या तुम मुझसे विवाह कर सकते हो?"

श्रीकृष्ण मुस्कुराए और बोले—

**श्रीकृष्णः** "हे राधे, कोई स्वयं से ही विवाह कैसे कर सकता है?"

**राधा:** "मैं कुछ समझी नहीं कान्हा। तुम क्या कहना चाहते हो?"

**श्रीकृष्ण:** "यदि तुम विवाह के बंधन में बँध जाओगी तो प्रेम समाप्त हो जाएगा और केवल प्यार रह जाएगा, जो नश्वर है। समय आने पर मैं तुम्हें यह बात अच्छी तरह समझा दूँगा। मैं जानता हूँ कि तुम विवाह इसलिए चाहती हो ताकि मैं सदैव तुम्हारे पास रहूँ।"

**राधा:** "कान्हा, दिल की बात पढ़ना तो कोई तुमसे सीखे। मैं सदैव वृंदावन में ही वास करना चाहती हूँ। मैं चाहती हूँ कि जब भी मैं तुम्हें पुकारूँ, तुम मेरे पास चले आओ। तुम्हारी बाँसुरी की धुन मैं जब चाहूँ तब सुन सकूँ।"

श्रीकृष्ण ने राधा की ओर देखा और बोले—

**श्रीकृष्ण:** "तथास्तु।"

यह कहकर उन्होंने अपनी बाँसुरी के दो टुकड़े कर दिए। एक टुकड़ा राधा को दिया और दूसरा स्वयं रखकर वहाँ से चले गए।

समय बीतता गया और वह क्षण आया जब राधा के जीवन का अंत समीप था। वे कान्हा को अत्यंत भाव से याद कर रही थीं। उसी समय श्रीकृष्ण राधा के रूप में प्रकट हो गए।

**राधा:** "कान्हा, यह कैसी लीला है? मैं स्वयं को ही देख रही हूँ। यह कैसे संभव है?"

**श्रीकृष्ण:** "राधे, याद है तुमने विवाह का प्रश्न किया था? यह उसी का उत्तर है। जब तुम मुझसे प्रेम करती हो, तो विवाह क्यूँ करना चाहती हो?"

**राधा:** "पहले आप अपने स्वाभाविक रूप में आइए, फिर मैं उत्तर दूँगी।"

श्रीकृष्ण तुरंत अपने रूप में आ गए।

**श्रीकृष्ण:** "कहो राधे, क्या कहना चाहती हो?"

**राधा:** "हे कान्हा, मैं तुमसे ही प्रेम करती हूँ। विवाह इसलिए चाहती थी ताकि मैं सदैव तुम्हारे संग रह सकूँ। मुझे यही बंधन अच्छा लगता है कि जब भी मैं तुम्हें पुकारूँ, तुम मेरे सामने प्रकट हो जाओ। मैं चाहती हूँ कि तुम्हारी बाँसुरी की धुन केवल मेरे लिए हो। लेकिन वह धुन सुनकर सब लोग तुम्हारे साथ रास रचाने पहुँच जाते थे। मैं गोवर्धन के किनारे बैठकर तुम्हारी बाँसुरी की धुन अकेले सुनना चाहती हूँ। लेकिन कान्हा, तुमने तो बाँसुरी ही तोड़ दी है। अब मैं धुन कैसे सुनूँगी?"

श्रीकृष्ण मुस्कुराए और बोले—

**श्रीकृष्ण:** "राधे, देखो मैं ही राधा हूँ और मैं ही कृष्ण हूँ। अब तुम अकेली नहीं हो। अब तुम और मैं दोनों एक ही हैं। इसका कारण तुम्हारा प्रेम है। इसलिए विवाह की आवश्यकता नहीं रही। रही बात तुम्हारी इच्छा की, तो वह अवश्य पूरी होगी।

जो बाँसुरी मैंने तुम्हें दी थी, वह सदैव तुम्हारे लिए बजेगी। जब तक संसार रहेगा, तुम्हें उसकी धुन सुनाई देती रहेगी। तुम्हारे नाम का महत्व इतना होगा कि यदि कोई 'राधे-राधे' कहकर पुकारेगा, मैं उसके पुकारने पर दौड़ा चला आऊँगा। हर वह प्राणी जो राधा नाम का जप करेगा और मेरा ध्यान करेगा, उसे भी बाँसुरी की धुन सुनने का प्रसाद मिलेगा।"

मोहन अपने सहसंग में यह सब देख रहा था। उसने भगवान श्रीकृष्ण और माँ राधा के साक्षात दर्शन प्राप्त किए। उसका मन यह सब भूल चुका था कि वह लंबे समय से घर से दूर, भूख-प्यास से व्याकुल होकर किसी पेड़ के नीचे लेटा हुआ है। वह राधा के रूप और श्रीकृष्ण की बाँसुरी की धुन में खो गया था।

इसी तरह मोहन दिन-प्रतिदिन आगे बढ़ता रहा। जो कुछ प्रकृति से मिलता, उसे प्रभु का प्रसाद मानकर अपनी दिनचर्या में संतोषपूर्वक आगे बढ़ता। उसे विश्वास था कि एक दिन उसे मनुष्यों की बस्ती अवश्य मिलेगी।

फिर एक दिन दरिया के किनारे चलते हुए उसकी खुशी का ठिकाना न रहा। उसने वहाँ एक झोंपड़ी देखी। उसके मन में आशा जगी कि अब किसी मनुष्य से भेंट होगी।

झोंपड़ी के आगे आँगन था, लेकिन उस पर धूल जमी हुई थी। मिट्टी के बर्तन और चूल्हा देखकर उसे यकीन हुआ कि यहाँ कोई मनुष्य रहता होगा। उसने सोचा—"शायद कोई भटका हुआ इंसान यहाँ तपस्या करता हो।"

मोहन ने झोंपड़ी की सफाई शुरू कर दी। वहाँ एक मटका पड़ा था, जिसे उसने धोकर पानी से भर दिया। आँगन भी साफ किया। झोंपड़ी के ऊपर एक बेल थी, जिसमें 30-40 किलो सीताफल लगे थे। यह देखकर उसकी खुशी का ठिकाना न रहा। उसने ईश्वर का धन्यवाद किया।

उसने सोचा—"अब तो कई दिनों का भोजन सुनिश्चित हो गया। चलो, कुछ समय यहीं धूना रमाते हैं।"

उसने नदी से पानी भरकर मटका रखा। पास ही बाजरा और मक्का भी उगे हुए थे। उसने मक्का तोड़ा और जंगल से लकड़ियाँ लाकर सीताफल, मक्का और बाजरे की खिचड़ी बनाई। ईश्वर का नाम लेकर भोजन किया और सिमरन में बैठ गया।

मोहन ने सोचा—"अब खाने-पीने की व्यवस्था हो गई है। क्यूँ न यहीं रहकर झोंपड़ी के मालिक का इंतजार किया जाए। शायद मेरे गुरुदेव ही यहाँ रहते हों।"

वह रात चैन से सोया। अगली सुबह चिड़ियों की चहचहाहट से जागा। नित्यकर्म पूरे कर पास ही टहलने निकला। उसने लकड़ी की डंडी से धरती खोदी और पाया कि भूमि अत्यंत उपजाऊ है। उसने भुट्टे, कनक और बाजरे के बीज

बोकर पानी दिया।

इस स्थिति में मोहन प्रसन्न रहने लगा और उसकी सिमरन शक्ति भी बढ़ने लगी।

उधर मोहन के माता-पिता उसकी राह देखते रहे। पिता ने धैर्य रखा कि मोहन एक दिन लौट आएगा। लेकिन माता का मन शांत नहीं था।

**माता:** "हमारी गाय सारा दिन चिल्लाती रहती है। लगता है कि उसे भी मोहन की याद सताती है। क्यूँ न इसे छोड़ दें। यदि लौटना होगा तो स्वयं आ जाएगी।"

**पिता:** "तुम ठीक कह रही हो। मेरे मन में भी यही विचार है।"

उन्होंने गाय को मुक्त कर दिया। गाय उसी रास्ते पर निकल पड़ी जिस पर मोहन गया था।

मोहन अब अपने परिवार को भूल चुका था। उसका ध्यान केवल गुरु की तलाश में था। वह प्रतिपल ईश्वर से यही प्रार्थना करता—"हे प्रभु, मुझे मेरे गुरु से मिलवा दो।"

मोहन ईश्वर से प्रार्थना कर रहा था—

**मोहन:** "हे प्रभु, यदि मुझे मेरे गुरु से नहीं मिलना है तो मैं यहीं तपस्या करते-करते अपने प्राण त्याग दूँगा।"

जैसे ही उसके मन में यह विचार आया, उसे लगा कि कोई उसे पुकार रहा है—"मोहन बेटा, तुम आ गए?"

वह चौंककर उठा और झोंपड़ी के चारों ओर देखने लगा। लेकिन वहाँ कोई दिखाई नहीं दिया। उसने सोचा—"शायद मेरे कान बज रहे हैं, या यह मेरे मन का भ्रम है।"

तभी उसकी दृष्टि उस स्थान पर गई जहाँ उसने बीज बोए थे। उसने देखा कि वे अंकुरित हो चुके हैं। उसके मन में नई आशा जागी और वह प्रसन्न हो उठा। अब उसे लगने लगा कि वह अकेला नहीं है।

धीरे-धीरे उसका मनोभाव ऐसा हो गया कि उसे किसी के होने या न होने से कोई फर्क नहीं पड़ता था। वह परमानंद की स्थिति में पहुँच रहा था। उसे अब न सुख सताता था, न दुख। न भूख-प्यास की चिंता थी, न जीवन-मरण का भय। उसकी आत्मा हवा की तरह हल्की हो गई थी।

एक दिन प्रातःकाल मोहन ध्यानयोग में बैठा था। सूर्य सिर पर चढ़ आया था। लगभग 11 बजे का समय था। धूप तेज़ हो रही थी और चिड़ियों की चहचहाहट कम हो रही थी।

मोहन को फिर वही आभास हुआ कि कोई उसे पुकार रहा है। इस बार उसने ध्यान भंग नहीं होने दिया। उसने अपनी चेतना उसी आवाज़ पर केंद्रित कर दी।

दोपहर होते-होते उसने नदी की ओर देखा। वहाँ कुछ हलचल थी। उसने सोचा—"शायद हवा तेज़ है या कोई मछली बुलबुले छोड़ रही है।"

तभी उसे झोंपड़ी से आवाज़ सुनाई दी। उसने सोचा—"दरवाज़ा तो बाहर से बंद है। शायद कोई जीव अंदर घुस गया हो।"

उसने निश्चय किया कि कल वह दरवाज़ा स्वयं खोल देगा। लेकिन उसी दिन उसका धैर्य टूट गया। वह तुरंत जाकर दरवाज़ा खोल बैठा।

अंदर झाड़ियाँ और मकड़ियों के जाले थे। धूल चारों ओर फैली थी। झाड़ियों में सरसराहट हो रही थी। उसने सोचा—"शायद कोई सर्प है।"

वह लाठी लेकर आया और झाड़ियों को हिलाया। तभी एक सर्प-युगल बाहर निकला और जंगल की ओर जाने लगे कि तभी मोहन ने हाथ जोड़कर कहा—

**मोहनः** "हे नाग-नागिनी, मुझे क्षमा करें। मैं तो हरी भक्त हूँ और अपने गुरु की तलाश में निकला हूँ। इस झोंपड़ी में आराधना करना चाहता हूँ।"

नाग-नागिनी ने अपना फन उठाया और उसकी ओर देखा। फिर अचानक अंतरध्यान हो गए।

मोहन ने झोंपड़ी की सफाई शुरू की। उसने झाड़ियों को हटाना चाहा। तभी उसे लगा कि ये झाड़ियाँ नहीं, बल्कि किसी की जटाएँ हैं।

जैसे ही उसने उन्हें हटाया, भीतर से आवाज़ आई—

**आवाज़ः** "बेटा मोहन, तुम आ गए। मैं पिछले तीन जन्मों से तुम्हारा ही इंतजार कर रहा था। मुझे विश्वास था कि मेरा परम शिष्य गोपीनाथ मुझे खोजते हुए यहाँ आएगा।"

मोहन ने हाथ जोड़कर प्रणाम किया।

**मोहनः** "महात्मन, आपको मेरा प्रणाम। आप तो मेरा नाम भी जानते हैं। लेकिन मेरा नाम तो मोहन है। यह गोपीनाथ कौन है?"

**गुरुजीः** "पुत्र, तुम्हारा पहले जन्म में नाम गोपीनाथ था। तुम एक अमीर घर में पैदा हुए थे। अगले जन्म में तुम गहने बनाने वालों के घर जन्मे और तुम्हारा नाम गजिंदर सिंह था। अब इस जन्म में तुम्हारा नाम मोहन है। मैं ही तुम्हारा गुरु हूँ। मेरा नाम द्रोणाचार्य है। बैठो, मैं तुम्हें तुम्हारे हर जन्म की कथा विस्तार से बताऊँगा।

लेकिन पहले जिन लटाओं को तुम बाहर निकाल रहे थे, वे मेरे भवों के बाल हैं जो नदी तक जाते हैं। उन्हें समेटकर मेरे सिर पर रख दो।"

मोहन अपने गुरु को पाकर आनंदित हो उठा। उसे लगा कि उसका जीवन सफल हो गया। उसने धीरे-धीरे गुरुजी की लटाओं को सँवारा।

**मोहनः** "गुरुदेव, यदि आपकी आज्ञा हो तो क्या मैं आपको स्नान करवा दूँ?"

**गुरुजीः** "नहीं पुत्र। तुम यहाँ बैठो। देखो, यह नमी जो मिट्टी में है, वह बारिश से नहीं है। यह इसलिए है कि हम प्रतिदिन यहाँ स्नान करते हैं।"

मोहन अचंभित हुआ।

**मोहनः** "गुरुजी, शायद आपका सूक्ष्म शरीर स्नान करता होगा। आपका स्थूल शरीर तो इन केशों में उलझा हुआ था।"

गुरुजी मुस्कुराए।

**गुरुजीः** "नहीं पुत्र। हम अपने स्थूल देह से ही स्नान करते हैं और फिर परलोकों में भ्रमण भी करते हैं। क्या तुम यह चमत्कार देखना चाहते हो?"

**मोहनः** "मेरे अहोभाग्य गुरुदेव। यदि आप मुझे योग्य समझें।"

**गुरुजीः** "ठीक है। मेरे बाईं ओर बैठो और देखो। बीच में मत टोकना।"

गुरुजी ध्यानमग्न हो गए। उनके सिर की लटाएँ खुलने लगीं और दरवाज़े की ओर बढ़ीं। वे नदी में चली गईं। कुछ ही देर में जल की धारा प्रवाहित हुई और कुटिया तक पहुँची।

मोहन ने देखा कि गुरुजी उसी धारा से स्नान कर रहे हैं। फिर धारा बंद हो गई और लटाएँ वापस आकर उनके सिर पर जुड़ा बन गईं। वह जुड़ा इतना बड़ा था कि कुटिया की छत तक पहुँच रहा था।

मोहन नतमस्तक हो गया। उसे लगा कि आज उसका जीवन धन्य हो गया।

**!!अध्याय समाप्त!!**

# 13

# गुरुजी का रहस्य, वैजयंती का चमत्कार और मोहन की नई यात्रा

मोहन ने अपने गुरुदेव को प्रणाम करते हुए कहा—

**मोहन:** "गुरुदेव, आपकी लीला अपरंपार है।"

मोहन प्रतिदिन गुरु की सेवा में रत रहता। वह उनके लिए भोजन पकाता और उनके तप के समय का ध्यान रखते हुए स्वयं भी उसी समय तप करने लगा। इसी प्रकार कई दिन बीत गए।

एक रात्री, जब मोहन ने गुरुजी को भोजन कराया, तो उसने विनम्र भाव से कहा—

**मोहन:** "गुरुदेव, यदि आपकी आज्ञा हो तो क्या मैं आपसे कुछ पूछ सकता हूँ?"

**गुरुजी:** "अवश्य पुत्र। कहो, क्या जानना चाहते हो?"

**मोहन:** "गुरुदेव, आपने कहा था कि आप मेरा पिछले तीन जन्मों से इंतजार कर रहे थे। मैं यह जानना चाहता हूँ कि ऐसा क्या हुआ कि मैं आपसे कभी मिल नहीं पाया। मेरा दोष क्या था?"

गुरुजी मुस्कुराए और बोले—

**गुरुजी:** "पुत्र, मैं तुम्हारी जिज्ञासा समझ गया हूँ। मैं अवश्य ही तुम्हें उत्तर दूँगा, लेकिन क्रम से। पहले मैं तुम्हें तुम्हारे दो जन्मों के विषय में बताऊँगा। फिर यह भी समझाऊँगा कि किन गलतियों के कारण शिष्य अपने गुरु से बिछुड़ जाता है।

देखो पुत्र, जैसे रथ को चलाने के लिए दो पहिए आवश्यक होते हैं, वैसे ही प्राणी के जीवन में ईश्वर और गुरु दोनों का साथ होना आवश्यक है। यदि ईश्वर रूठ जाए तो गुरु मना सकता है। लेकिन यदि गुरु ही रूठ जाए, तो स्थिति अत्यंत कठिन हो जाती है।

मेरा नाम द्रोणाचार्य था। मेरे अनेक शिष्य थे। समय के साथ कई शिष्य अपने गृहस्थ जीवन में उलझ गए, कुछ अपने कार्यों में फँस गए और धीरे-धीरे सब बिछुड़ गए। केवल एक शिष्य शेष रहा—जतिन। और वह शिष्य तुम ही थे।

तुम्हारा पहले जन्म का नाम जतिन था। तुम्हें मुझसे अत्यधिक लगाव था। तुम अपने वचनों के पक्के थे। उस समय मैं समाधि में विलीन होना चाहता था। मैंने तुम्हें पूर्ण दीक्षा दी और कहा—'पुत्र, अब तुम सम्पूर्ण चेले बन चुके हो। मेरा जाने का समय निकट है। तुम्हें अपने माता-पिता की सेवा करनी चाहिए।'

लेकिन तुम अपने हठ में अडिग रहे। तुमने कहा—'गुरुदेव, मैं आपका साथ कभी नहीं छोड़ूँगा। जब आप समाधि लेंगे, मैं भी जल-समाधि ले लूँगा।'

मैंने समझाया—'पुत्र, इस जीवन में हर प्राणी को अकेले ही जाना होता है। शरीर नश्वर है, केवल आत्मा अजर-अमर है।'

तुमने उत्तर दिया—'यदि आत्मा अजर-अमर है, तो मुझे अपनी आत्मा में स्थान दे दीजिए।'

तुम्हारी ज़िद के आगे मुझे झुकना पड़ा। मैंने कहा—'ठीक है पुत्र, तुम मेरी आत्मा में सदैव वास करोगे। मैं तुम्हें छोड़कर कभी नहीं जाऊँगा।'

तुम प्रसन्न हुए और बोले—'अब गुरु और शिष्य दोनों साथ ही देह त्याग करेंगे।'

लेकिन बाद में तुम अपने परिवार के साथ रहने के लिए चले गए। मैं निश्चिंत हो गया और एकांत स्थान पर जाकर तपस्या करने लगा। यहीं मैंने अनेक सिद्धियाँ प्राप्त कीं।

पास ही एक गाँव था—गोविन्दपुर। मैं वहाँ जाया करता था। लेकिन जब मैंने वहाँ जाना छोड़ा, तो वह गाँव भी उजड़ गया। मैं प्रतीक्षा करता रहा कि जतिन अवश्य लौटेगा। लेकिन तुम नहीं आए।

समय बीतता गया। मैं वृद्ध हो गया। कई बार प्राण त्यागने का प्रयास किया, लेकिन सफल नहीं हुआ। तब मैंने श्रीहरि नारायण से प्रार्थना की।

आकाशवाणी हुई—'हे द्रोण, तुम्हारी भक्ति चरम पर है। तुम्हारा सिमरन निरंतर चलता है। जब तक तुम्हारा सिमरन चलता रहेगा, यमदूत तो क्या स्वयं यमराज भी तुम्हारे प्राण नहीं ले सकते। जब तक तुम्हारा संकल्प पूरा नहीं होगा,

तुम प्राण त्याग नहीं सकते।'

मैं समझ गया कि जब तक जतिन मेरे पास नहीं आएगा, मेरे प्राण नहीं निकलेंगे।

फिर मैंने ध्यान लगाया और देखा कि जतिन का प्राण अंत हो चुका है। उसने दूसरा जन्म लिया है। उस जन्म में तुम्हारा नाम गोपीनाथ था। तुम एक समृद्ध बनिया परिवार में जन्मे।

मैंने अपने सूक्ष्म देह को आदेश दिया कि वह तुम्हारे स्वप्न में जाकर तुम्हें पिछले जन्म की बातें बताए। ताकि तुम अपने गुरु को याद कर सको।

तुम्हारा मन अध्यात्म की ओर बढ़ने लगा। लेकिन तुम्हारे माता-पिता ने तुम्हारा विवाह कर दिया। तुम गृहस्थ जीवन में उलझ गए और इस प्रकार गोपीनाथ के जन्म में भी तुम मुझसे नहीं मिल पाए।"

**मोहनः** "गुरुदेव, यदि आपकी आज्ञा हो तो क्या मैं एक प्रश्न पूछ सकता हूँ?"

**गुरुजीः** "हाँ पुत्र, कहो।"

**मोहनः** "गुरुदेव, ऐसा मेरे साथ क्यों हुआ? प्राणी ऐसी कौन-सी भूल करता है जिससे उसका गुरु से बिछुड़ना हो जाता है?"

**गुरुजीः** "पुत्र मोहन, आओ पास बैठो। मैं तुम्हें बताता हूँ। सर्वप्रथम, प्राणी स्वार्थ में उलझ जाता है। जब ऐसा होता है तो वह अपने बीते और आने वाले समय दोनों को भूल जाता है।

दूसरी गलती होती है गलत संकल्प लेना। जैसे मैंने गुरु पद पर होते हुए भी संकल्प लिया कि जब मैं प्राण त्यागूँगा, तब तुम मेरे साथ रहोगे। यह संकल्प स्वार्थ से भरा था।

प्राणी को किसी भी संकल्प में नहीं फँसना चाहिए। यदि संकल्प अधूरा रह गया तो उसे अगले जन्म में भी पूरा करना पड़ता है। यही कारण था कि मैं अपने ही जाल में फँस गया।

मैंने गुरु पद का त्याग कर दिया और मठ छोड़कर वन-वन भटकने लगा। अंततः मुझे यह स्थान मिला। मैंने यहाँ खेती की, ताकि अन्न के लिए दूर न जाना पड़े। यहीं मैंने अनेक सिद्धियाँ प्राप्त कीं।"

**मोहनः** "गुरुजी, आपकी आयु तो बहुत अधिक हो चुकी है। फिर आपने इतनी वृद्ध अवस्था में खेती-बाड़ी जैसा कठिन कार्य कैसे किया? क्या आपने भूखे रहना शुरू कर दिया था?"

**गुरुजीः** "नहीं पुत्र मोहन। मैंने अनेक सिद्धियाँ प्राप्त की थीं। उनमें से एक सिद्धि ऐसी है जो विरले ही किसी को मिलती है।"

**मोहन:** "गुरुदेव, यदि आपकी आज्ञा हो तो क्या मैं आपसे कुछ पूछ सकता हूँ?"

**गुरुजी:** "मैं जानता हूँ पुत्र, तुम क्या पूछना चाहते हो।"

**मोहन:** "आप तो ज्ञानी-ज्ञान हैं गुरुजी। आप सब जानते हैं कि मेरे मन में क्या चल रहा है। यदि आप मुझे योग्य समझें तो कृपया बताइए कि वह कौन-सी सिद्धि है, जो केवल विरले सिद्ध पुरुषों को ही प्राप्त होती है।"

**गुरुदेव:** "देखो पुत्र, अधूरा ज्ञान किसी काम का नहीं होता। इसलिए मैं तुम्हें इसका पूर्ण ज्ञान दूँगा। यह ज्ञान केवल गुरु ही दे सकता है। लेकिन ध्यान रहे, इसे बिना गुरु की आज्ञा के करना वर्जित है।

हर स्त्री और पुरुष में यह शक्ति निहित होती है। प्रत्येक प्राणी के भीतर आत्मा होती है और उसके साथ एक सूक्ष्म शरीर भी होता है। यह सूक्ष्म शरीर अत्यंत विशेष होता है।

प्राणी अपने जीवन में अनेक लोगों से मिलता है, उनके साथ रहता है, उनसे बिछुड़ता है। कई बार वही लोग उसके स्वप्न में आते हैं। मृत व्यक्ति भी अपने परिजनों के स्वप्न में आकर उनसे संवाद करते हैं। इसका कारण यही है कि आत्मा अजर-अमर है।

यदि प्राणी आध्यात्मिक ज्ञान से जुड़ा हो तो वह अपनी आत्मा का वशीकरण कर सकता है। इसके लिए उसे ध्यानयोग में जाना पड़ता है, एकांत स्थान चुनना पड़ता है, सुख-दुख का त्याग करना पड़ता है और अपने बाहरी व अंतःकरण मन का वशीकरण करना पड़ता है। जब दोनों मन निष्क्रिय हो जाते हैं, तब आत्मा का साक्षात्कार होता है।"

**मोहन:** "गुरुजी, प्राणी को कैसे पता चलता है कि उसे आत्मा का साक्षात्कार हो गया है?"

**गुरुदेव:** "बहुत उत्तम प्रश्न है पुत्र। जब प्राणी इस स्थिति में आता है तो उसकी दिव्य दृष्टि खुल जाती है। वह अन्य सूक्ष्म शरीरों को देख सकता है।

उदाहरण के लिए, स्वप्न में हम अपने मृत या जीवित परिजनों को पहचान लेते हैं। यही सूक्ष्म शरीर का खेल है।

अब सुनो, बड़े-बड़े पीर, फकीर और संत जब चाहे किसी वस्तु को अपने पास मँगवा लेते हैं। यह भी सूक्ष्म शरीर की शक्ति है।

मैं तुम्हें अपने एक शिष्य संजीव खुराना की घटना बताता हूँ। वह मुंबई में अपने भाई के साथ ट्रेन में सफर कर रहा था। गर्मी का दिन था, भीड़ बहुत थी और उसे तीव्र प्यास लगी। पानी का कोई साधन नहीं था। उसने अपने गुरु को याद किया।

अचानक एक व्यक्ति उसके पास आया और ठंडे पानी की बोतल दे गया। संजीव ने पानी पीकर राहत पाई। लेकिन जब उसने उस व्यक्ति को ढूँढा, तो वह ट्रेन में कहीं नहीं मिला। यह सूक्ष्म शरीर का ही खेल था।

सूक्ष्म शरीर अंतःकरण मन के साथ रहता है और आत्मा के आदेश पर कार्य करता है। सिद्ध पुरुष अपने सूक्ष्म को शरीर से बाहर निकालकर कार्य सिद्ध करवा लेते हैं। उस समय केवल वही प्राणी उसे देख सकता है, अन्य कोई नहीं।"

**गुरुदेव:** "अब मैं तुम्हें तुम्हारे अगले जन्म के विषय में बताता हूँ। उस जन्म में तुम एक जाट परिवार में जन्मे और तुम्हारा नाम गजिंदर था। बारह वर्ष की आयु में ही तुम्हारा मन ईश्वर और गुरु की ओर आकर्षित होने लगा। तुमने गुरु पाने की बहुत कोशिश की, लेकिन मनभावन गुरु नहीं मिले।

यह सब पिछले जन्मों के कारण होता है। लेकिन आजकल के कलियुग में लोग इसे अंधविश्वास मानकर मिथ्या समझते हैं। जबकि जिनके पास शक्तियाँ होती हैं, उन पर संदेह नहीं करना चाहिए।"

**मोहन:** "गुरुदेव, यदि आप कह रहे हैं तो मैं शंका नहीं करूँगा। लेकिन यदि आप कोई जीता-जागता उदाहरण देकर समझाएँ तो आपकी बहुत कृपा होगी।"

**गुरुदेव:** "ठीक है पुत्र। मैं तुम्हें एक और गुरु के साथ हुई घटना बताता हूँ। उसका नाम है आचार्य श्री राजिंदर कुमार सूर्यवंशी। वह स्वयं गुरु पद पर आसीन हैं।

उनके शिष्य मनीष का एक रिश्तेदार विवाद में फँसकर अदालत में पेश हुआ। अदालत ने जमानत के लिए 70 हजार रुपये माँगे। मनीष ने बहुत प्रयास किया, लेकिन पैसे का इंतजाम नहीं हो पाया।

अंततः उसने अपने गुरु को फोन किया। राजिंदर उस समय दिल्ली में थे। अपने चेले को परेशान देखकर उन्होंने उसको आश्वासन दिया कि वो उसके पास आ रहे हैं। फिर कुछ ही देर में वे बंबई की अदालत में काले कोर्ट पहनकर उपस्थित हो गए। उन्होंने जज के सामने कागज़ पेश किए और वह युवक बरी हो गया।

मनीष ने उन्हें दिल्ली लौटने के लिए कहा, लेकिन राजिंदर वहीं अंतरध्यान हो गए। वास्तव में वे दिल्ली में ही अपने अन्य शिष्यों के साथ बैठे थे। उन्होंने अपने सूक्ष्म शरीर को भेजकर अपने शिष्य की रक्षा की।

अब बताओ पुत्र, इस पर विश्वास करना कितना कठिन है। लेकिन यही सूक्ष्म शरीर की शक्ति है।"

**मोहन:** "गुरुजी, आपकी हर वाणी सत्य है। आप सही कह रहे हैं कि इस कलियुग में विश्वास करना कठिन है। लेकिन मेरे मन में एक और प्रश्न है। यदि आप उचित समझें तो उसका निवारण भी कर दीजिए।"

**गुरुदेव:** "अवश्य पुत्र। पूछो, क्या जानना चाहते हो?"

**मोहन:** "गुरुदेव, आपने एक बार कहा था कि यदि प्राणी किसी बात की मन्नत माँगता है, तो उसे वह मन्नत अवश्य उतारनी चाहिए। यदि वह मन्नत पूरी न कर पाए तो क्या होता है?"

**गुरुदेव:** "मोहन, तुम सच्चे भक्त हो। तभी तो ऐसे प्रश्न पूछते हो जिनसे संसार का भी भला होता है। सुनो पुत्र, यदि प्राणी अपनी मन्नत पूरी नहीं करता तो उसे बार-बार जन्म लेना पड़ता है। और यदि वह फिर भी भूलता रहे, तो उसे अनेक प्रकार के कष्टों से गुजरना पड़ता है।"

**मोहन:** "गुरुदेव, एक साधारण प्राणी से भूल तो हो ही सकती है। कृपया कोई ऐसा उपाय बताइए जिससे उसके पिछले जन्मों की सभी अधूरी मन्नतें पूरी हो जाएँ और उसे इसी जन्म में ही कष्टों से मुक्ति मिल सके।"

**गुरुदेव:** "पुत्र मोहन, मैं तुम्हें उपाय बताता हूँ। चाहे किसी की मन्नत रुकी हो या न हो, यह उपाय करने से सबका कल्याण होगा। प्राणी को चाहिए कि किसी ब्राह्मण को बुलाकर श्री विष्णु नारायण यज्ञ का अनुष्ठान करे। यह अनुष्ठान अकेले भी किया जा सकता है या पाँच लोग मिलकर भी कर सकते हैं।

इस यज्ञ में पंचामृत और मेवे डालकर पंजीरी का प्रसाद श्रीहरि विष्णु को अर्पित करना चाहिए। साथ ही पूरी सब्ज़ी और मिष्ठान में हलवा अवश्य होना चाहिए। ऐसा करने से धन में वृद्धि होगी, पिछले जन्मों की अधूरी मन्नतें पूरी होंगी और सभी पाप कर्म नष्ट हो जाएँगे।"

**मोहन:** "गुरुदेव, आपकी जय हो। लेकिन मेरे मन में एक और प्रश्न उठ रहा है। यदि आप आज्ञा दें तो पूछूँ।"

**गुरुदेव:** "अवश्य पुत्र।"

**मोहन:** "गुरुदेव, मैंने सुना है कि मृत्यु के समय यमदूत लेने आते हैं। यदि यह सत्य है तो उनका स्वरूप कैसा होता है?"

गुरुदेव कुछ कहने ही वाले थे कि अचानक बोले—

**गुरुदेव:** "पुत्र, पहले बाहर जाकर देखो। लगता है कोई जानवर बाहर है।"

मोहन ने कुटिया से डंडा उठाया और बाहर गया। उसने जो देखा, उससे उसके होश उड़ गए। वह कोई जंगली पशु नहीं, बल्कि उनकी वैजयंती गाय थी—वही गाय जिसे उसके माता-पिता ने छोड़ दिया था क्योंकि वह बाँझ थी।

**मोहन:** "अरे वैजयंती! तू यहाँ कैसे आ गई?"

मोहन तुरंत उससे लिपट गया। उसे लगा कि पिता ने उसे छोड़ दिया होगा क्योंकि वह उसके जाने के बाद बहुत चिल्लाती होगी और उसे याद करती होगी।

मोहन ने उसे पुचकारा। तभी उसने देखा कि एक सांड भी धीरे-धीरे उसकी ओर आ रहा है। उसने गाय को खूँटे से बाँध दिया और सांड भी पास बैठ गया। उसने दोनों के लिए जलपान की व्यवस्था की।

खुशी-खुशी वह गुरुजी के पास लौटा।

**मोहनः** "गुरुदेव, यह तो चमत्कार हो गया। बाहर जंगली जानवर नहीं, बल्कि हमारी वैजयंती गाय आई है। यह तो बाँझ थी, लेकिन अब गायबान हो चुकी है और इसके साथ एक सांड भी है। यह यहाँ कैसे पहुँची?"

**गुरुदेवः** "पुत्र, यही प्रेम है। यह गाय तुमसे बहुत प्रेम करती थी। जानवरों में सूँघने की क्षमता अत्यधिक होती है। हवा के रुख से ही वे अपने मालिक की गंध पा लेते हैं। यह तुम्हारे प्रेम के वशीभूत होकर यहाँ पहुँची है। यही लगन यदि किसी मनुष्य में ईश्वर के प्रति हो जाए तो स्वयं हरि को धरती पर आना पड़ता है। यही सच्ची लगन है।"

मोहन का मन गदगद हो उठा।

**मोहनः** "गुरुजी, आप धन्य हैं। लेकिन यह गाय लगातार चिल्ला रही है। शायद मुझे बुला रही है।"

**गुरुदेवः** "पुत्र, बाहर जाकर देखो। शायद उसके बच्चे को जन्म देने का समय आ गया है।"

मोहन बाहर गया और देखा कि गाय ने एक बछड़ी को जन्म दिया है। वह उसे चाटकर साफ कर रही थी। कुछ ही देर में बछड़ी खड़ी हो गई।

**मोहनः** "गुरुदेव, आप सही कह रहे थे। उसने एक बछड़ी को जन्म दिया है।"

**गुरुदेवः** "पुत्र, तीन जन्म पहले जिस सैलाब से यह स्थान उजड़ गया था, लगता है अब उसके पुनः बसने का समय आ गया है।"

मोहन भावुक होकर बोला—

**मोहनः** "गुरुदेव, मैं आपको कभी भी किसी भी स्थिति में छोड़कर नहीं जाऊँगा।"

**गुरुदेवः** "पुत्र, तुम तो हमें नहीं छोड़ोगे, लेकिन हमारा शरीर त्यागने का समय आ चुका है। हमारा मनोरथ तुम्हें मिलकर पूर्ण हो गया है।"

मोहन रोने लगा।

**गुरुदेवः** "रोने की आवश्यकता नहीं है। अब तुम्हें हमारी गुरु गद्दी पर बैठना है। यही संसार की रीति है। लेकिन मुझे लगता है कि तुम्हारे मन में कुछ और है। कहो पुत्र।"

**मोहनः** "गुरुदेव, यहाँ से गाँव कितनी दूरी पर होगा?"

**गुरुदेवः** "पुत्र, सही से कहना कठिन है। लेकिन तुम क्यों पूछ रहे हो?"

**मोहन**: "गुरुदेव, मैं वहाँ जाना चाहता हूँ। मैं 4-5 दिन में लौट आऊँगा। कृपया मेरी गाय और बछड़ी का ध्यान रखिए।"

**गुरुदेव**: "ठीक है पुत्र। जाओ।"

मोहन आशीर्वाद लेकर निकल पड़ा।

**गुरुदेव**: "पुत्र, उस दिशा में मत जाओ। विपरीत दिशा में जाओ। उसी ओर नदी का बहाव है। उसके किनारे चलते जाओ, तुम्हारी मंज़िल मिल जाएगी।"

मोहन उसी दिशा में चला। दो दिन तक चलता रहा। लगभग 100-200 कोस पार कर चुका था। तभी उसने नदी किनारे जानवरों को चरते देखा। वहाँ एक चरवाहा भी था।

**मोहन**: "राम राम भाई।"

**चरवाहा**: "राम राम। कहो, कहाँ जाना है?"

**मोहन**: "भाई, मुझे गाँव जाना है। गाँव के मुखिया से मिलना है।"

**चरवाहा**: "तो चलो, मैं तुम्हें हमारे गाँव मुखतर ले चलता हूँ। मैं वहीं रहता हूँ।"

वे गाँव पहुँचे। सरपंच ने उन्हें देखकर कहा—

**सरपंच**: "अरे बेटा, गाय-भैंस चराकर आ गए? और यह तुम्हारे साथ कौन है?"

**चरवाहा**: "मुखिया जी, यह दरिया किनारे मिले थे। गाँव के सरपंच से मिलना चाहते थे, तो मैं इन्हें साथ ले आया।"

**सरपंच**: "अच्छा किया। आओ बेटा, चारपाई पर बैठो। अरी भागवान, चाय-नाश्ते का प्रबंध करो।"

**सरपंच**: "कहो बेटा, यहाँ कैसे आना हुआ?"

**मोहन**: "सरपंच जी, पहले तो धन्यवाद। मैं आपसे पूछना चाहता हूँ कि क्या मैं आज रात आपके गाँव में ठहर सकता हूँ? मैं मंदिर में रुक जाऊँगा।"

**सरपंच**: "नहीं बेटा, मंदिर में रुकने की आवश्यकता नहीं है। आज रात हमारे घर ही रहो। लेकिन पहले अपना परिचय दो।"

मोहन ने अपना नाम बताया और अपनी पूरी कथा सुनाई।

**सरपंच**: "बेटा मोहन, यह तो अद्‌भुत है कि तुम्हारे गुरु पिछले तीन जन्मों से तुम्हारा इंतजार कर रहे थे। ऐसे महापुरुष के दर्शन तो हम सब करना चाहेंगे। लेकिन बताओ, तुम हमसे क्या चाहते हो?"

**!!अध्याय समाप्त!!**

# 14

# गुरुजी का अंतिम आर्शीवाद और मोहन का महंत पद

मोहन: "जी, मैं अपने गुरुदेव की प्रतिमा बनवाना चाहता हूँ। मैं चाहता हूँ कि उस पत्थर की प्रतिमा को स्थापित किया जाए। लेकिन मेरे पास धन नहीं है। यदि आप मेरी सहायता करें तो मैं आपकी सेवा करके वह धन चुका दूँगा। यह मेरा वचन है। बस आप प्रतिमा बनवाने में मेरी मदद कर दीजिए।"

मोहन की बात सुनकर सरपंच जी को उस पर विश्वास हो गया। उन्होंने अपने पुत्र को बुलाया।

सरपंच: "अरे बेटा प्रीतम, मेरी बात सुनो।"

प्रीतम: "जी पिताजी, कहिए।"

सरपंच: "तुम गाँव के मूर्तिकार दीनानाथ जी के पास जाओ और उनसे कहो कि हमने उन्हें बुलाया है। वे तुरंत हमारे पास आएँ।"

प्रीतम: "जी पिताजी, मैं अभी जाता हूँ।"

कुछ ही देर में दीनानाथ सरपंच जी के घर पहुँचे।

दीनानाथ: "राम राम सरपंच जी, आपने मुझे याद किया।"

सरपंच: "राम राम भाई, बैठो।"

सरपंच जी ने दीनानाथ को सारी कथा सुनाई और कहा—

सरपंच: "कल सुबह तैयार रहना। हम सब ट्रैक्टर में बैठकर गुरुजी के दर्शन के लिए

चलेंगे।"

गाँव में जब गुरुजी के बारे में बात फैली तो बीस लोग और तैयार हो गए। सब लोग तड़के ही ट्रैक्टर में बैठकर निकल पड़े। शाम होते-होते वे गुरुजी की कुटिया के समीप पहुँचे और पास ही डेरा डाल लिया। रातभर भोजन और विश्राम के बाद, अगले दिन स्वच्छ होकर सब गुरुजी के दर्शन के लिए निकले।

मोहन सबसे पहले कुटिया पहुँचा। उसकी आहट सुनकर गुरुजी बोले—

**गुरुदेवः** "पुत्र मोहन, तुम लौट आए।"

मोहन ने दरवाज़ा खोला और प्रणाम किया।

**मोहनः** "गुरुदेव प्रणाम। आपके आशीर्वाद से मेरा कार्य पूर्ण हुआ। मेरे साथ गाँव के सरपंच और अन्य लोग भी आपके दर्शन के लिए आए हैं।"

**गुरुदेवः** "अच्छी बात है। उन्हें अंदर ले आओ।"

सब लोग अंदर आए और गुरुजी के दर्शन कर आशीर्वाद लिया। मूर्तिकार ने गुरुजी की आज्ञा लेकर उनका चित्र बनाना शुरू किया। उधर मोहन ने सबके लिए भोजन की व्यवस्था की। भोजन तैयार होने पर पहले गुरुजी को भोग लगाया गया, फिर सबने प्रसाद ग्रहण किया।

संध्या समय सरपंच जी ने विदा माँगी।

**सरपंचः** "गुरुदेव, अब चलने की आज्ञा दीजिए। हम हर पंद्रह दिन में आपके दर्शन के लिए आते रहेंगे।"

**गुरुदेवः** "सुनो पुत्र, अब तुम अगली पूर्णिमा को आना। उस दिन तुम हमारे अंतिम दर्शन करोगे।"

गुरुदेव के मुख से ऐसे वचन सुनकर सबके नैन भर आए। वे आशीर्वाद लेकर लौट गए।

गुरुदेव गहरे चिंतन में डूब गए। मोहन ने पूछा—

**मोहनः** "गुरुदेव, आप आज कुछ गहरे विचार में हैं। क्या सोच रहे हैं?"

गुरुदेव मुस्कुराए और बात टाल गए।

मोहन ने आग्रह किया—

**मोहनः** "गुरुदेव, आपने गाँव वालों को अपने जाने की बात कही। लेकिन आप तो अजर-अमर हैं। आपको इच्छा-मृत्यु का वरदान प्राप्त है। फिर आप क्यों जाना चाहते हैं? आपके रहने से अज्ञानियों को ज्ञान मिलता रहेगा।"

गुरुदेव प्रेम से बोले—

**गुरुदेवः** "पुत्र मोहन, ध्यान से सुनो। जो भी शिष्य गुरु से ज्ञान प्राप्त करना चाहता है, उसे गुरु के जाने के विषय में प्रश्न नहीं करना चाहिए। अन्यथा प्राप्त ज्ञान भी

उसकी झोली से निकल जाएगा। ज्ञानी शिष्य वही है जो उचित और अनुचित प्रश्न में अंतर समझ सके।

मृत्यु का वशीकरण करना या किसी मृत प्राणी को जीवित करना धर्मशास्त्र के विरुद्ध है। प्राणी का जीवन और मृत्यु उसके कर्मों पर निर्भर है। हर प्राणी अपनी जीवन-सीमा लेकर आता है।

प्रलयकाल में सब कुछ नष्ट हो जाता है, केवल आत्मा अजर-अमर रहती है। आत्मा प्रभु से प्रार्थना करती है कि नई सृष्टि रची जाए। प्रभु सतयुग, त्रेता, द्वापर और कलियुग की रचना करते हैं।

पुत्र, यही जीवन और मृत्यु का रहस्य है। शरीर नाशवान है। जैसे ऋतु बदलती है, वैसे ही हर शरीर अपना समय भोगकर विदा लेता है। इस जीवन से अधिक मोह नहीं करना चाहिए।

मेरा शरीर भी नाशवान है। जब हरि का बुलावा आएगा, मैं उसी क्षण इसे त्याग दूँगा। लेकिन ईश्वर और गुरु का कभी अंत नहीं होता। वे सनातन हैं। उनका दिया ज्ञान सदैव शिष्य के साथ रहता है।

तुमने हमारी प्रतिमा बनाने की सोची है। जब वह स्थापित होगी तो उसमें हमारी शक्तियों का वास होगा। जैसे भगवान की मूर्ति में प्राण-प्रतिष्ठा के बाद ऊर्जा का संचार होता है। यही प्रेम है। प्रेम में ही शक्ति निहित है।

इसलिए पुत्र, अब मेरे जाने का समय आ गया है।"

मोहन ने विनती की—

मोहनः "गुरुदेव, जाने वाले को रोकना नहीं चाहिए, यह आपका ही दिया ज्ञान है। लेकिन मेरी एक प्रार्थना है—जब तक आपकी प्रतिमा गाँव वाले लेकर नहीं आते, तब तक आप शरीर मत त्यागिए। और एक प्रश्न मुझे बार-बार परेशान करता है। क्या मैं पूछ सकता हूँ?"

गुरुदेवः "हाँ पुत्र, पूछो।"

मोहनः "गुरुदेव, इस संसार में कई लोग महावीर जी को विष्णु का अवतार मानते हैं और गौतम बुद्ध तथा महावीर जी को अलग-अलग समझते हैं। क्या यह सत्य है?"

गुरुदेवः "देखो पुत्र, वैसे तो सभी प्राणी समान हैं, लेकिन भाव अलग-अलग हो सकते हैं। पहले तुम अपनी विचारधारा प्रकट करो।"

मोहनः "गुरुदेव, मैं तो दोराहे पर हूँ। इससे सहमत भी हूँ और असहमत भी। यही मेरी उलझन है।"

**गुरुदेव:** "देखो पुत्र, जो मझधार में है, वह आज नहीं तो कल डूबेगा ही। मझधार में रहना अर्थात अधूरा ज्ञान होना। लेकिन मुझे लगता है कि तुम कुछ कहना चाहते हो।"

**मोहन:** "आपने सत्य कहा गुरुदेव। मुझे एक कथा याद आ रही है। यदि आपको कष्ट न हो तो क्या मैं आपको वह कथा सुना सकता हूँ।"

**गुरुदेव:** "अवश्य पुत्र, हम तो आपके मुख से कथा सुनने के लिए आतुर हैं।"

**मोहन:** "गुरुदेव, यह कथा आचार्य श्री राजिंदर कुमार सूर्यवंशी जी ने ध्यानयोग से प्राप्त की थी और उन्होंने अपने शिष्यों को सुनाई थी। उन्होंने कहा था कि जैन पंथ के अनुयायी भगवान महावीर को विष्णु जी का चौबीसवाँ अवतार मानते हैं। उनका जन्मस्थान बिहार बताया जाता है।

लेकिन सनातन धर्म के अनुसार भगवान विष्णु के तेईस अवतार हुए हैं और चौबीसवाँ अवतार उत्तरप्रदेश के संभल में कल्कि रूप में होगा। आचार्य जी ने कहा कि विष्णु तभी अवतरित होते हैं जब अधर्म अपनी चरम सीमा पर पहुँच जाता है। आने वाले समय में धर्म और अधर्म का विनाशकारी युद्ध होना निश्चित है।

उन्होंने कुरुक्षेत्र के धर्मयुद्ध का उदाहरण दिया। एक ओर दुर्योधन और उसकी सेना थी, दूसरी ओर पांडव और उनके साथ भगवान श्रीकृष्ण। एक ओर धर्म, दूसरी ओर अधर्म।

कौरवों ने छल किया, द्रौपदी का चीरहरण करने का प्रयास किया, पांडवों का अधिकार छीन लिया। अहंकार में वे श्रीकृष्ण को भी पहचान न सके और युद्ध के लिए तत्पर हो गए। श्रीकृष्ण ने शांति-दूत बनकर पाँच गाँव माँगे, लेकिन दुर्योधन ने इनकार कर दिया। यहाँ तक कि उसने श्रीकृष्ण को बाँधने का प्रयास किया। तब श्रीकृष्ण ने विराट रूप दिखाया।

भीष्म पितामह और द्रोणाचार्य जैसे धर्मनिष्ठ योद्धा भी अधर्म के पक्ष में खड़े हुए और वीरगति को प्राप्त हुए। इससे सिद्ध होता है कि अधर्म का साथ देने वाला अंततः नष्ट होता है।

इसीलिए द्वापर युग में श्रीकृष्ण ने गीता का उपदेश दिया और बताया कि कलियुग में प्राणी को अपना आचरण कैसा रखना चाहिए। लेकिन आज लोग अपने अहंकार में नए पंथ बनाकर चलते हैं और दूसरों को भी उसी पर चलने को कहते हैं। वे भूल जाते हैं कि अंततः सब कुछ विष्णु को ही अर्पित होता है। आने वाले समय में अनेक पंथ धर्म के विरुद्ध जाएंगे और उनका अंत भी अधर्मियों जैसा ही होगा।"

**गुरुदेव:** "पुत्र, क्या उन्होंने यही कहा या गौतम बुद्ध की कथा भी सुनाई?"

**मोहन:** "क्षमा करें गुरुदेव, मैं वह कथा भी सुनाता हूँ।"

**गुरुदेव:** "ठीक है, शुरू करो।"

**मोहन:** "गुरुदेव, उन्होंने बताया कि गौतम बुद्ध का असली नाम सिद्धार्थ था। एक दिन वे स्नान करने नदी गए। वहाँ उन्होंने देखा कि चार लोग एक अर्थी लेकर जा रहे हैं और पीछे लोग विलाप कर रहे हैं।

सिद्धार्थ छोटे थे, उन्हें मृत्यु का ज्ञान नहीं था। उन्होंने एक महिला से पूछा—'आप लोग क्यों रो रहे हैं?' महिला ने कहा—'यह व्यक्ति मर चुका है और उसका अंतिम संस्कार हो रहा है। बेटा, तुम अभी छोटे हो, जब बारह वर्ष के हो जाओगे तब समझोगे।'

लेकिन सिद्धार्थ पहले से ही पवित्र आत्मा थे। उन्होंने अंतिम संस्कार की पूरी विधि देखी। लकड़ियों पर शव रखा गया, अग्नि दी गई और राख नदी में प्रवाहित कर दी गई।

इस घटना ने उन्हें गहराई से प्रभावित किया। वे सत्य की खोज में जंगल चले गए। उन्होंने वस्त्र त्याग दिए और ध्यानयोग में बैठ गए। बारह वर्षों तक समाधि में रहे। उनके शरीर पर धूल जम गई, दीमक चलने लगी। लोग उन्हें मिट्टी का ढेर समझकर माथे पर लगाते और पूजनीय मानते।

बारह वर्षों बाद उनकी चेतना टूटी। वे बाहर आए तो उनके शरीर पर दीमक के निशान थे, जिससे नग्नता छिप गई थी। कठोर तपस्या के बाद भी उन्हें वह ज्ञान नहीं मिला जिसकी तलाश थी।

उदास होकर वे गया, बिहार लौट आए। वहाँ वे एक बड़ के पेड़ के नीचे बैठे। तभी सफेद वस्त्रों में बै माता प्रकट हुईं। उन्होंने सिद्धार्थ को खीर का कटोरा दिया और कहा—'बेटा, इसे खाओ। इससे तुम्हें वह ज्ञान मिलेगा जिसकी तलाश थी। अब अपने माता-पिता के पास लौट जाओ। माता-पिता ही प्रथम गुरु होते हैं।'

सिद्धार्थ ने खीर खाई, उनका पेट भरा और उन्हें ज्ञान प्राप्त हुआ। वे अपने घर लौट गए।"

जब सिद्धार्थ अपने घर पहुँचे तो उनका चेहरा और व्यक्तित्व इतना बदल चुका था कि माता-पिता उन्हें पहचान ही न पाए। तब उन्होंने बताया कि वे उनके पुत्र हैं और अपने साथ बीती सारी घटनाएँ सुनाईं। उनकी बातें सुनकर सब अत्यंत प्रभावित हुए। वहाँ उपस्थित लोग उन्हें ज्ञान की बातें बताने लगे।

माता-पिता ने कहा—

**माता-पिता:** "पुत्र, यदि तुम सत्य को पूर्ण रूप से जानना चाहते हो तो तुम्हें विवाह के बंधन में बंधना होगा। तभी तुम अपने पिछले जन्मों के कर्मों से मुक्ति पा सकोगे। अन्यथा तुम्हें बार-बार इस जीवन-मृत्यु के चक्र में आना पड़ेगा।"

माता-पिता के कहने पर सिद्धार्थ का विवाह हुआ। उस समय उनकी आयु 16 वर्ष थी। उन्होंने 35 वर्ष तक गृहस्थ जीवन भोगा और फिर उसका त्याग कर दिया। वे पुनः नदी किनारे तपस्या में लीन हुए और वहीं उन्हें बोध ज्ञान की प्राप्ति हुई। इस ज्ञान का प्रचार उन्होंने घर-घर जाकर किया और धीरे-धीरे उनके उपदेशों से लोगों का उद्धार होने लगा।

मोहन ने आगे कहा—

**मोहनः** "गुरुदेव, कुछ इसी तरह की कथा भगवान महावीर की भी है। आचार्य जी ने कहा कि लोग धर्म को छोड़कर पंथों को अपना लेते हैं। जबकि यदि हम उन पंथों के गुरुओं को देखें तो उनके वचनों को लोगों ने अपनी सुविधा अनुसार तोड़-मरोड़ लिया है।"

गुरुदेव बड़े प्रेम से मोहन की हर बात ध्यानपूर्वक सुन रहे थे। वे प्रसन्न थे, लेकिन उनके अंतःकरण में एक ही विचार चल रहा था—अब उन्हें इस शरीर का त्याग करना अनिवार्य है।

मोहन ने ध्यान देकर पूछा—

**मोहनः** "गुरुदेव, आपने मेरी सारी बातें सुनीं। इसके लिए मैं आपका आभारी हूँ। मेरी विनती है कि जहाँ आपने अपने आप को इतने लंबे समय तक रोक रखा है, उसे बस एक और दिन तक संभाल लीजिए। कृपया बताइए कि आप किस स्थान पर शरीर त्याग करना चाहते हैं।"

**गुरुदेवः** "ठीक है पुत्र, मैं इसी स्थान पर ही शरीर छोड़ना चाहूँगा।"

**मोहनः** "जैसी आपकी आज्ञा गुरुदेव।"

तभी बाहर से बहुत से लोगों का जमावड़ा कुटिया की ओर आता दिखा। मोहन समझ गया कि गुरुदेव की प्रतिमा बन चुकी है और गाँव वाले उसे लेकर आ रहे हैं।

**मोहनः** "गुरुदेव, सभी गाँव वाले आपके दर्शन के लिए आतुर हैं।"

गुरुदेव ने सबको आशीर्वाद दिया और कहा—

**गुरुदेवः** "आप सबको मेरी एक बात माननी होगी। ईश्वर का ध्यान करना है, काम, क्रोध, मोह और माया का त्याग करना है। अहंकार को समाप्त करना है। अब आपको मेरा अंतिम आशीर्वाद है।"

इतना कहकर गुरुदेव ने सबको आशीर्वाद दिया और अपने शरीर का त्याग कर दिया। गुरुदेव के शरीर छोड़ने के बाद सबने उनके चरणों को स्पर्श किया।

मोहन भावुक होकर बड़बड़ाने लगा—

**मोहनः** "गुरुदेव, गुरुदेव..."

बुजुर्गों ने उसे याद दिलाया कि गुरुदेव तो चोला छोड़ चुके हैं। उनके लिए एक पालकी लाई गई। गुरुओं को जलाया नहीं जाता, उन्हें या तो जल में प्रवाहित किया जाता है या धरती में समाधि दी जाती है।

गुरुदेव का पार्थिव शरीर तीन दिनों तक गाँव वालों के दर्शन के लिए रखा गया। दूर-दूर तक यह समाचार फैल गया। मोहन का परिवार भी वहाँ पहुँच गया।

गुरुदेव की झोंपड़ी को नष्ट कर दिया गया और नदी किनारे उनके लिए स्थान तैयार किया गया। तीन दिनों बाद पंडितों को बुलाकर विधि-विधान से उन्हें वहीं दफनाया गया। उनके साथ सोना-चाँदी भी दफन किया गया। ऊपर संगमरमर की प्रतिमा स्थापित कर उसमें प्राण-प्रतिष्ठा की गई। उनकी प्रतिमा भी उसी स्थान पर स्थापित की गई। प्रतिमा के नीचे अंकित था—

**“गुरु द्रोणाचार्य, जिन्हें इच्छा-मृत्यु का वरदान प्राप्त था। आज इस तिथि को उन्होंने स्वयं अपने प्राण त्यागे। इस प्रतिमा पर माथा टेकने मात्र से ही मनोरथ सिद्ध हो सकते हैं।”**

धीरे-धीरे वहाँ एक गाँव बस गया। उस स्थान के पहले महंत के रूप में मोहन को नियुक्त किया गया। उसका परिवार भी वहीं बस गया।

!!अध्याय समाप्त!!

# 15

# संगीत और प्रेम

मित्रों, मैं आचार्य श्री राजिंदर कुमार सूर्यवंशी, आज के इस कलयुग में आपसे कुछ शब्द कहना चाहता हूँ। मेरा उद्देश्य है कि आप इन बातों पर अमल करके आध्यात्मिक ज्ञान से जुड़ें और वह ज्ञान आपके जीवन में सहायक सिद्ध हो।

आज तक जितने भी संत-महात्मा इस देश में हुए हैं, उन्होंने हमें प्रेम से भरे संदेश दिए हैं। कबीर जी के दोहे तो देश का बच्चा-बच्चा जानता है। आज भी ये सभी महापुरुष पूजनीय हैं। शास्त्रों के अनुसार उन्होंने सत्य की खोज की, लेकिन प्रश्न यह है कि वह सत्य क्या है और प्राणी उसे कैसे जान सकता है।

उससे पहले प्राणी को प्रेम को समझना होगा। वह प्रेम जो राधा ने श्रीकृष्ण से किया, जो मीरा ने अपने श्याम से किया, या जो सुदामा ने अपने सखा कृष्ण से किया। यह प्रेम आज भी अजर-अमर है।

तो प्रेम क्या है? क्या प्रेम मन है? क्या प्रेम आत्मा है? नहीं। प्रेम न तो मन है और न आत्मा। प्रेम वह है जिससे हमारी सभी इंद्रियाँ संचालित होती हैं — और वह है प्राणी का दिल। दिल ही प्रेम है।

जब आप अपने दिल से ईश्वर के दर्शन की कामना करते हैं, तब वह पूरी होती है। दिल प्राणी के शरीर का सबसे महत्वपूर्ण अंग है। उसके रुकते ही रक्त जल बन जाता है और इंद्रियाँ काम करना बंद कर देती हैं। प्राणी का प्राणांत हो जाता है।

इसीलिए गुरु की शरण में जाना आवश्यक है। गुरु ही वह ज्ञान देता है जो प्राणी को मार्गदर्शन करता है। ज्ञान से ही पता चलता है कि हम अंधकार की ओर जा रहे हैं या प्रकाश की ओर।

प्राणी को मोह का त्याग करना चाहिए। यह सबसे कठिन है। कबीर जी ने कहा है:

***“माया मिली ना राम, मिल मिल गए शरीर, आशा तृष्णा ना मरे, कह गए दास कबीर।”***

सत्य यही है कि एक दिन सब कुछ छूट जाता है। शरीर अग्नि को समर्पित हो जाता है। लेकिन तृष्णा साथ रहती है। तृष्णा का त्याग कैसे हो? इसका उपाय है — ईश्वर भक्ति में लीन होना।

आज का प्राणी धन के पीछे भाग रहा है। यदि उसे ईश्वर के दर्शन भी हो जाएँ, तो उसे केवल वैराग्य ही प्राप्त होगा। पूजा-पाठ, कीर्तन, आडंबर — ये सब शरीर की संतुष्टि के लिए हैं, आत्मा को आनंद नहीं मिलता।

ईश्वर तक अपनी आवाज़ पहुँचाने के लिए आत्मा का साक्षात्कार करना आवश्यक है। और आत्मा का साक्षात्कार करने का सबसे सरल मार्ग है — संगीत।

संगीत आत्मा को झकझोरता है। जब आप किसी गीत को सुनते हैं और आपके नैन भर आते हैं, तो वह आँसू मिथ्या नहीं होते। वे आँसू स्वयं श्रीकृष्ण में समाहित हो जाते हैं।

उदाहरण के लिए, एक फिल्मी गीत है:

***“किसी राह में, किसी मोड़ पर, कहीं चल न देना तो छोड़ कर, मेरे हमसफ़र...”***

जब आप इसे सुनते हैं, तो उसमें सच्चे प्रेम की झलक मिलती है। माँ-बेटे का बिछोड़ा, प्रेमिका का विरह — यह दर्द आपके दिल को छूता है और आँसू बनकर बह जाता है। यही प्रेम आत्मा का साक्षात्कार है।

एक और गीत है:

***“अखियों को रहने दे, अखियों के आस-पास, दूर से दिल की बुझती रहे प्यास...”***

यदि आपने कभी सच्चा प्रेम किया है और वह आपसे बिछुड़ गया है, तो इस गीत को सुनते समय आपके मन के तार झनझना उठेंगे। यही प्रेम राधा और कृष्ण का था। राधा अंततः कृष्ण में समाहित हो गईं। उनका प्रेम अजर-अमर है।

जिसने भी ऐसा प्रेम किया है, वह इस कलयुग में भी राधा-कृष्ण के दर्शन प्राप्त कर सकता है। बस प्रेम राधा जैसा होना चाहिए।

प्राणी नाशवान वस्तुओं से प्रेम करता है, जबकि उसे अजर-अमर आत्मा से प्रेम करना चाहिए। आत्मा का साक्षात्कार ही प्राणी का प्रथम कर्तव्य है। आत्मा में ही प्रेम निहित है। उसी से प्रेम करना सीखिए।

**!! जय श्रीकृष्णा !!**

**!!समाप्त!!**

# अंतिम संदेश

यह ग्रंथ अपनी कथा के साथ समाप्त होता है, लेकिन इसका संदेश अनंत है। गुरु का ज्ञान, राधा-कृष्ण का प्रेम, बुद्ध और महावीर की साधना, तथा संगीत का मार्ग — सब मिलकर हमें यही सिखाते हैं कि आत्मा का साक्षात्कार ही जीवन का परम उद्देश्य है।

पाठकों से यही विनती है कि इस पुस्तक को केवल कथा न मानें, बल्कि इसे अपने जीवन का मार्गदर्शन बनाएँ। प्रेम, भक्ति और त्याग ही वह शक्ति है जो हमें ईश्वर तक ले जाती है।

!! जय श्रीकृष्णा !!

www.ingramcontent.com/pod-product-compliance
Lightning Source LLC
LaVergne TN
LVHW090419210926
848480LV00002B/629